D'AUDACE
ET DE LIBERTÉ

Du même auteur

Les A.N.I. du « Tassili », Le Seuil, 1984.
Courage et patience, Lattès, 2000 ; Pocket, 2009.
Le Porteur de cartable, Lattès, 2002 ; Pocket, 2003.
Alphonse, Lattès, 2005 ; Pocket, 2007.
Bel-Avenir, Flammarion, 2006 ; J'ai lu, 2008.
Il était une fois... peut-être pas, Lattès, 2008 ; Pocket, 2011.
Western, Flammarion, 2009.
La Meilleure Façon de s'aimer, Lattès, 2012 ; Pocket, 2014.
Les Thermes du paradis, Lattès, 2014 ; Pocket, 2017.
La Reine du tango, Lattès, 2016 ; Pocket, 2018.
La vérité attendra l'aurore, Lattès, 2018.
Qui n'est pas raciste, ici ?, essai, Lattès, 2019.
D'amour et de guerre, Les Escales, 2021 ; Pocket, 2022.

Akli Tadjer

D'AUDACE ET DE LIBERTÉ

Roman

LES ESCALES
DOMAINE FRANÇAIS

Ouvrage suivi par Caroline Laurent.

92, avenue de France
75013 Paris – France
Courriel : contact@lesescales.fr

ISBN : 978-2-36569-577-0
Dépôt légal : mai 2022
Imprimé en France

Couverture : Hokus Pokus Créations
Mise en pages : Nord Compo

« Les hommes font l'histoire, mais ils ne savent pas l'histoire qu'ils font. »

Raymond Aron

1

Il ne faut jamais jurer de rien. Je ne pensais pas revenir dans mon petit village, pourtant je suis là, sur le parvis de la gare d'El Kseur où rien n'a changé depuis trois ans. Ce sont les mêmes taxieurs qui racolent les voyageurs, des colons pour la plupart, en leur promettant des tarifs défiant toute concurrence. Plus loin, assis en tailleur sur des nattes de raphia, les mêmes infirmes de la Première Guerre, figés comme des momies, exposent leurs gueules cassées, leurs yeux rendus aveugles par le gaz moutarde ou leurs moignons à nu en espérant l'aumône, mais les passants ne leur renvoient que mimiques apitoyées et haussements d'épaules d'indifférence. Sur l'avenue de la Gare, ce sont des enfants qui vendent à la sauvette des chewing-gums Globo, des cacahuètes salées, sucrées, des cigarettes Bastos à l'unité sur des présentoirs de fortune ficelés autour de la taille. Areski, un taxieur dont le regard de myope se cache derrière d'épaisses lunettes, me prend pour un de ces Français descendus du train, sans doute parce que je porte un costume de belle facture, une cravate noire, un chapeau de feutre mou. Il tient à me soulager de ma valise en me donnant du « cher monsieur » à ne plus savoir qu'en faire. Courbant l'échine, il se dit prêt à m'emmener au bout du monde si tel est mon bon plaisir.

— Ne te rabaisse pas si bas, Areski. Ce n'est que moi, Adam. Adam Aït Amar, de Bousoulem.

Il rajuste ses lunettes, sourit tristement et bredouille :

— J'ai appris pour ta tante. Qu'Allah, le clément et miséricordieux, l'accueille dans son vaste paradis.

Puis il insiste pour me conduire gracieusement au village. Je fais non de la tête et je poursuis sous ce soleil blanc de début de printemps qui me blesse les yeux. Besoin de marcher. Respirer l'odeur de mon pays. Écouter le chant des cigales. M'attarder sur la couleur des maisons et ce petit monde qui m'est familier.

En centre-ville, là non plus, rien n'a changé. Le général Bugeaud statufié sur la place de la mairie surveille de son regard colonial le petit peuple de besogneux qui vaque à ses occupations. À La Belle Équipe, le café des roumis, les mêmes gars attablés aux mêmes tables boivent l'anisette en jouant à la coinche. Ils jurent des « putain de sa race » ou « putain de sa mère », c'est selon, dès que l'un d'entre eux a jeté la mauvaise carte sur le tapis vert.

Dans le bas quartier, on lézarde à la terrasse des Buveurs de Soleil en fumant le narguilé pour tuer le temps, comme hier, comme avant, comme toujours. Un jour, il faudra bien qu'on secoue tout ce monde, qu'on y apporte le mouvement pour les tirer de leur léthargie. Alilou m'accueille, bras ouverts, en me souhaitant courage et patience. Aussitôt, ce sont tous les buveurs de soleil qui bêlent en chœur : « Courage et patience, Adam Aït Amar. »

Alilou essaie de me retenir pour que je lui donne des nouvelles de la France, la vraie, celle qui est de l'autre côté de la mer, car ici on n'est informé de rien ou alors trop tard, quand les événements ne sont plus d'actualité. Il va droit à son essentiel :

— Tu as pensé au moulin à café Peugeot et aux cendriers Cinzano que je t'avais demandé de ramener ?

Je ne réponds pas. Je trace.

Devant la mosquée des Juifs, le rabbi Zerbib, tout de deuil vêtu, a vieilli de cent ans. Il est voûté, amaigri, et sa barbe noire jadis impeccablement entretenue est aujourd'hui une touffe de broussailles blanchie laissée en jachère. Je voudrais lui parler de son fils avec qui j'ai partagé les feux de la guerre mais il me tourne le dos et disparaît derrière le lourd portail d'ébène frappé de l'étoile de David. Tant mieux. Je crois que je n'aurais pas su trouver les mots pour lui dire que Samuel a été le meilleur des frères de misère.

Rue du Camp-du-Maréchal. Il me reste encore deux bons kilomètres avant d'atteindre Bousoulem. Chaque olivier, chaque haie de figuiers de Barbarie, chaque gourbi, chaque eucalyptus de cette route de montagne n'a aucun secret pour moi. Plus la pente est raide, plus j'ai le cœur serré. Non parce que j'ai de la peine d'avoir perdu tante Safia – elle n'avait plus d'âge –, mais chaque pas me rappelle combien j'ai aimé Zina et combien de jours heureux nous avons vécus à l'ombre de ces grands arbres. Elle vit désormais dans cette villa de tuiles vertes bordée des terres les plus riches de la vallée. Le caïd El Hachemi, le plus roué des collabos de l'Administration, me l'a volée alors que je combattais en France.

À l'entrée de Bousoulem, Kaddour, le colporteur de ragots, me souhaite courage et patience. Puis c'est Rachid, le rebouteux, puis c'est Salah, le potier, puis c'est Moussa, le cyclope, surnommé ainsi parce que né borgne, puis, puis, puis... Puis c'est Nana Lounja, la doyenne du village, qui vient en claudiquant à ma rencontre. Certains l'estiment plus vieille que nos montagnes, d'autres comme moi n'ont aucune idée de son âge, parce qu'ils s'en fichent. Elle s'agrippe à mon cou, postillonne à mon oreille :

— À Dieu nous appartenons. À Dieu nous retournons.

Elle sanglote et se lamente :

— Qu'est-ce que j'ai fait au Bon Dieu pour qu'il me retienne encore dans ce pays de chacals et de sangliers ? Dis-moi si tu sais, Adam ?

Allah ne veut pas d'elle auprès de lui. Il n'a que faire de cette commère dans son cheptel. Enfin, une ribambelle de gamins m'accompagne, en silence, jusqu'à ma maison au bout du chemin de poussière et de caillasse.

Dans la cour, des jeunes filles pubères servent des pâtisseries, du café, du thé, de l'orangeade aux voisins, mendiants et aux hommes venus d'autres villages.

Une femme d'exception, dit celui-ci. Une femme travailleuse, dit l'autre. Un cœur d'or, renchérit celui-là. Une sainte, s'étouffe un autre en mangeant un makrout. Tante Safia n'avait rien d'une sainte, elle était fainéante, pingre, mégère, vulgaire et très ordinaire.

Tous ces gens sont là parce que c'est comme ça, chez nous. On vient aux funérailles, aux circoncisions, aux mariages pour se faire voir. On devise sur le dernier nuage de criquets pèlerins qui a ravagé les récoltes, on espère envoyer un fils en France avec les quelques sous mis de côté pour qu'il trouve du travail. Ils ont entendu que dans le bâtiment on manque de bras pour reconstruire le pays. On maudit le caïd El Hachemi qui paie ses fellahs plus mal que le plus mauvais de nos colons. Il se peut, aussi, que l'on soit là pour affaire. Quelques arpents de terres fertiles à louer dans la plaine, la saillie d'un âne vigoureux comme un pur-sang arabe contre une jarre d'huile d'olive, une bicyclette en échange de livres pour l'enfant qu'on vient scolariser. Lorsqu'on n'a rien à vendre, à louer, à troquer, on vient aux renseignements. Savoir si un colon embaucherait pour des travaux agricoles, de maçonnerie, de métairie.

On chuchote dans mon dos que j'ai bien changé. Avec mon costume et mon beau chapeau, j'ai l'allure et le port de tête hautain des mannequins pour automobiles qu'on voit sur les photos des magazines de mode. J'entends Kaddour se demander si je n'ai pas renié mes racines, nos coutumes, notre religion, si je n'ai pas vendu mon âme au diable, si je suis bien l'Adam qu'il avait connu avant que je m'exile.

Une jeune fille me débarrasse de mes affaires. J'entre dans la maison où grouillent des enfants braillards que leurs mamans essaient, en vain, de faire taire. Tout le long du couloir menant à la chambre de la morte, on a disposé des bougies et fait brûler des bâtons d'encens réputés chasser les djinns et les mauvais esprits. Les pleureuses qui somnolaient, assises en tailleur dans la pénombre, s'activent en me voyant paraître dans l'embrasure de la porte. Elles gémissent, fredonnent des chants lugubres en essuyant leurs larmes de crocodile avec un pan de leur robe.

Enfin, c'est le silence.

Avant de sortir, elles s'inclinent chacune à leur tour devant moi en me baisant la main et me souhaitent courage et patience.

2

Tante Safia est enveloppée dans son linceul blanc à même le sol de béton brut. Ses mains fripées comme des petites mains de singe sont jointes sur sa triste poitrine. Les rides sur ses joues, son cou, son front s'effacent déjà. Un sourire d'adieu flotte sur les deux traits de ses lèvres. Elle, si vilaine de son vivant, est aujourd'hui plus belle que toutes les mégères de Bousoulem.

Tu dois te demander pourquoi je suis à ton chevet après toutes ces années d'absence ?

Je ne t'ai pas laissée pour un ailleurs meilleur, tante Safia. J'ai fui ma maison, nos montagnes, mon jardin et le vieil olivier de mon père parce que je porte en moi une blessure qui ne guérira pas. J'ai aimé Zina, passionnément, et tu en as été témoin. Elle m'a aimé du même feu. Nous avions des projets pour mille ans mais la guerre a tué nos rêves de jeunesse.

Que puis-je te dire encore que je n'ai jamais osé t'avouer ?

Qu'enfant je te fuyais parce que tu me faisais plus peur qu'El Ghoula, la sorcière des contes que me racontait ma mère perdue trop tôt. Qu'il m'est arrivé de te haïr lorsque tu te substituais à elle parce que tu n'avais pas eu de descendance. Tous tes bébés étaient mort-nés. Pourtant, sans que tu le saches, je prenais ta défense quand Nana Lounja et la clique de langues de vipère cancanaient partout que ton ventre n'était qu'un cimetière habité par le Shitan.

Qui t'a aimée un jour, tante Safia ?

Ton mari t'a abandonnée pour un autre lit après que tes entrailles ont craché un autre ange mort. Ma mère, n'en parlons pas. Elle ne supportait ni tes jérémiades, ni tes manières de t'inviter chez nous à toute heure de la journée, ni ton odeur de vieille bique. Mon père que tu admirais avait quelques marques d'attention à ton égard parce que tu lui rappelais votre mère. Quant à moi, si je suis venu te rendre hommage, ce n'est pas seulement parce que tu étais le dernier lien qui me rattachait à notre tribu et à ce village, je suis là parce que je t'ai aimée, mal, souvent, mais je t'ai aimée sincèrement sur le tard, quand tu n'avais plus besoin ni d'estime ni d'affection.

Que te dire de plus avant que tu partes pour l'infini ?

Que j'habite à Paris et travaille dans une tannerie, à Gentilly. Que je vis avec la patronne ; elle s'appelle Elvire. Peut-être allons-nous nous marier. Quand ? Un jour peut-être ou peut-être pas. Paris, tannerie,

Gentilly, tout ça n'a aucun sens pour toi, forcément. Hors le bleu du ciel qui était ta ligne d'horizon, tu n'imaginais pas un autre monde possible.

Ma chère tante Safia, je vais arrêter là car je ne voudrais pas te fatiguer davantage l'esprit avec mes histoires de vivants. Une toute dernière chose, quand tu seras là-haut, si Dieu veut bien te faire une place à sa droite, tu verras mes parents. Dis-leur bien qu'ils me manquent chaque jour et que je languis de les rejoindre, même si ça ne presse pas. J'ai tant à vivre ici-bas. Surtout ne leur parle pas d'Elvire. Elle est juive. Je ne voudrais pas leur gâcher leur éternité. Repose en paix maintenant, tante Safia.

Je baise son front froid comme la mort et je cache son visage sous le linge blanc de son linceul.

3

J'ai fait sacrifier deux moutons, de la volaille et j'ai demandé qu'on livre du café, du thé et suffisamment de semoule car, malgré la tombée du soir, il arrive du monde descendu des petits hameaux environnants, et encore d'autres gens montés d'El Kseur, dont Alilou et toute sa clientèle.

Pendant que les femmes s'affairent à la cuisine pour la préparation du dîner d'adieu à tante Safia, dans la cour les hommes et leurs enfants mâles écoutent avec attention les récits de voyage du bégayant hadj Abdelaziz, le seul de Bousoulem à avoir fait le pèlerinage à La Mecque. Fort de ce périple, il en est revenu instruit du véritable islam. Le nôtre ne serait, selon lui, qu'un bric-à-brac de sourates mal comprises, de sorcelleries maraboutiques et de compilations de légendes miraculeuses.

Un enfant bâille bruyamment, se frotte les yeux, s'ennuie à dormir debout. Hadj Abdelaziz le menace de griller en enfer comme les moutons embrochés au-dessus du brasier incandescent s'il ne montre pas davantage de concentration. L'enfant terrorisé fond en larmes. Le père s'excuse auprès de tous et renvoie son rejeton dans les jupes de sa mère. Alors le vieux bouc repart dans ses tribulations au cœur des sables brûlants d'Arabie.

Suffit.

J'en ai assez entendu comme ça. Je m'efface à reculons pour me réfugier dans le jardin, sous l'olivier de mon père.

Adossé contre le tronc, je ferme les yeux. La mort appelle les morts, dit-on ici. Je sens mon père près de moi. Il m'avait laissé à peine sorti de l'enfance et me voilà trentenaire. Peut-être m'envie-t-il d'être revenu entier de ma guerre. La sienne l'avait amputé de sa jambe et de son amour pour la France. Une douce chaleur m'envahit. Sa main calleuse se pose sur mon épaule. Il me sourit. Juste une virgule de sourire. Nos silences, nos soupirs, nos rires complices étaient plus éloquents que nos conversations. Nous ne parlions de rien pour ne pas s'avouer qu'on était bien tous les deux. J'aimerais rester longtemps tout contre lui à écouter le murmure des ruisseaux, le souffle du vent dans les branches des chênes-lièges et les chants heureux des bergères dans la vallée, mais une gamine me sort de mes songes. Un cheik arrivé de Fnaya demande à me parler. Elle me prend la main et je la suis jusqu'au portail de la maison. Elle me désigne un homme de dos, grand, trapu, enveloppé dans un burnous noir dont le capuchon est rabattu sur la tête. Les jeunes hommes autour de lui le saluent avec déférence. La gamine tire sur sa manche, il se retourne et je reste interdit : Tarik Benyounes. Malgré sa barbe rousse qui mange son visage, je l'aurais reconnu entre mille. Il me donne l'accolade, me souhaite courage et patience, puis, levant les yeux sur ce ciel d'encre, il espère que le Tout-Puissant aura pitié de ma tante et lui accordera une place dans son paradis éternel. Je le remercie d'avoir fait le déplacement et l'invite à prendre un thé, à l'écart, dans un coin du jardin.

Ça fait si longtemps. Nous étions trois inséparables, Tarik, Samuel et moi. C'est si loin et pourtant c'était hier.

Par où commencer ? Le début ? La fin ? Y a-t-il eu même une fin ?

Tarik. Il avait refusé de servir sous le drapeau parce que son père, l'imam de Fnaya, dont la sagesse avait franchi nos plaines et nos montagnes, lui avait enseigné que l'islam est une religion d'abord du respect d'autrui – n'importe lequel – ; en conséquence, Allah avait interdit de tuer la personne humaine, car il l'avait déclarée sacrée. De soir en soir, le père avait continué d'éduquer son fils aux vertus et bienfaits de la religion pour que, à Dieu ne plaise, il soit à son tour imam comme ses aïeux. Il pouvait ainsi remonter la filiation des Benyounes à la tête de la mosquée bien avant l'arrivée des Français et des Ottomans, qui furent d'autres envahisseurs.

Aujourd'hui, Tarik est plus qu'un imam, il est cheik, le maître, celui qui sait lire, écrire, parler la langue du Coran, et à qui il revient de prêcher le vendredi, jour de la grande prière.

Samuel. Au moment de la conscription, il devait prendre la relève de son père à la tête de la mosquée des Juifs d'El Kseur. Il avait fait valoir son droit à l'objection de conscience au nom du sixième commandement du Décalogue : tu ne tueras point. Les gendarmes lui avaient fait valoir que la patrie passait au-dessus de sa foi et il fut contraint de porter l'uniforme.

Moi. Je m'étais juré de ne jamais faire la guerre. J'avais vu mon père revenir de Verdun le corps mutilé, pourri par la gale et les escarres. Ses derniers mots avant de s'éteindre, je les entends encore : « Pour aller au front, les grands chefs nous ont dit : "Jaunes, Noirs, musulmans, catholiques, juifs, c'est kif-kif, vous êtes tous frères, tous égaux." Une fois qu'on n'a plus eu besoin de nous, on nous a renvoyés à nos gourbis. »

L'autre raison qui avait fait de moi un déserteur, c'est Zina, l'amour de mes jours et de mes nuits. La veille de mon incorporation, je l'avais enlevée à ses parents et nous avions fui de nuit Bousoulem. Pour vivre où ? Nous ne le savions pas, mais loin des fusils, des bruits de bottes et de la folie des hommes, c'était sûr. Nous avons été arrêtés sur un chemin de forêt par une patrouille de militaires traquant les brigands d'honneur qui pullulaient dans la région. Zina avait été rendue à sa famille et on m'avait emmené dans une caserne où j'avais fait la connaissance de Samuel et de Tarik.

Le lendemain, on nous avait jetés dans la cale d'un bateau en partance pour le front où d'autres insoumis croupissaient déjà. Nous avons tout enduré, les orages de bombes allemandes, la faim, le froid, les maladies, la captivité où nous étions traités moins que des pas-grand-chose. Puis, nous avons réalisé notre rêve : nous évader. À Paris, nous avons vécu la clandestinité dans une chambre de bonne de l'avenue des Gobelins. Nous avions pour voisins Elvire et son père, Jacob Bergman, cachés eux aussi, pour échapper aux rafles de Juifs. Pour nourrir tout le monde, j'ai fait du marché noir. Avec ma gueule de roumi, j'ai trompé la police française bien des fois. En 1942, Samuel et Jacob se sont fait arrêter par la Gestapo alors qu'ils allaient prier dans une synagogue. On ne les a jamais revus. Puis, Tarik a mis de côté son Coran pour un autre livre, *Mein Kampf*, qu'un officier allemand lui avait offert en récompense de son comportement irréprochable dans notre camp de prisonniers en Picardie. Il ne cachait pas son admiration pour le Führer qu'il surnommait Sidi Adolf, titre que l'on donne aux personnes dignes du plus grand respect. Tout son programme le séduisait : l'ordre, la sécurité, l'égalité entre citoyens de même race et de même confession. Si bien qu'il a fini par s'engager dans la Brigade nord-africaine, une milice pronazie, pour aider les Allemands à mettre à genoux la France qu'il détestait au plus profond de lui-même. En retour, il espérait que l'armée du Führer nous assisterait pour démâter le drapeau bleu blanc rouge qui flottait d'Alger à Tamanrasset. Comme je ne partageais pas sa façon d'envisager notre avenir – je pensais, et je le pense encore aujourd'hui, qu'il ne fallait rien attendre d'autres étrangers, mais que nous ne devions compter que sur nous-même pour gagner notre liberté –, il se payait ma tête, férocement parfois. J'étais un utopiste, un idéaliste, un illuminé. Avec des types comme moi, nous serions à la merci des roumis pour les siècles à venir. Piqué au vif, je le traitais de petit fasciste ou de collabo. À se disputer ainsi chaque jour, nous nous sommes fâchés et nous avons fini par nous séparer.

Les souvenirs, ça va, ça vient, c'est comme les vagues de l'océan, parfois elles vous bercent d'images heureuses, parfois elles vous rejettent des pensées amères que l'on croyait noyées à jamais.

— Le thé est bon.

— Oui, très bon, je réponds.

— Sucré juste ce qu'il faut.

— Oui, juste ce qu'il faut.

— Du monde pour les funérailles de ta tante.

— Oui, beaucoup.

— Elle avait quel âge ?

— Quatre-vingts ans. Cent ans, peut-être. Je l'ai toujours connue sans âge.

Il y a un mélange de gêne et de joie contenue dans nos retrouvailles inattendues. D'où les amabilités et les propos convenus que nous alignons. Il répète pour la énième fois que ça lui fait plaisir de me revoir malgré les circonstances, puis il me jauge de la tête aux pieds et change de registre. Il affirme que j'ai forci mais que cela ne gâche rien, bien au contraire. Avec ma petite moustache finement taillée, mes cheveux plaqués à la Gomina, la raie sur le côté et mon air de séducteur viril, je lui fais penser à Clark Gable dans *Autant en emporte le vent*, film qu'il a vu au Splendid Palace d'Alger, à son retour de guerre. J'aimerais lui retourner un compliment, le flatter tout pareil en le comparant à un chanteur célèbre, un athlète champion du monde, un général allemand, mais rien ne trouve grâce à mes yeux. Il était svelte, tout en muscles, il est désormais empesé et ventru. Seuls sont restés inchangés ses petits yeux marron et cruels.

Que lui dire qui ne soit pas un mensonge hormis : « L'air du pays t'est profitable. Tu as bonne mine. »

Il peine à rentrer le ventre, mais renonce aussitôt. Ce sont les couscous, les chakchoukas et toutes les pâtisseries au miel que lui cuisine sa mère qui l'ont déformé, plaisante-t-il. Reprenant son sérieux, il s'étonne que je sois revenu pour enterrer tante Safia car on lui avait dit que j'avais tourné la page pour vivre ma vie en France.

— On, c'est qui ?

Il montre d'un geste ample les invités autour des méchouis dont l'odeur de grillé parvient jusqu'à nous.

— Tes informateurs sont très mal informés. Je n'ai jamais perdu le lien avec le village. Quand Alilou m'a téléphoné pour m'annoncer le décès, j'ai rappliqué par le premier avion.

Il approche la main, évalue la qualité du tissu de mon costume et de ma cravate.

— Flanelle, soie, voyage en avion, monsieur ne se refuse rien. Quand on était dans la clandestinité, tu étais déjà un as de la débrouille, mais là, t'es plus fort qu'un Youdi.

Il s'imagine qu'avec ma gueule d'acteur américain je croque la vie par tous les bouts et que je fais chavirer le cœur des plus belles femmes de Paris.

— Tu as combien de maîtresses ? Deux, trois, dix ? dit-il en clignant de l'œil.

— Aucune.

Il ne me croit pas.

— Je vis avec Elvire et je travaille avec elle dans sa tannerie.

— Il lève le nez au ciel comme s'il cherchait à mettre un visage sur ce prénom. Soudain, tout s'éclaire et son visage s'assombrit.

— Elvire Bergman, la Juive dont le père a été embarqué avec Samuel par la Gestapo ?

J'acquiesce.

Visiblement, je le déçois.

— Ça te pose un problème ?

Il soupire dans sa barbe : « Quel beau gâchis. Qu'Allah lui pardonne. »

— Et que fais-tu dans sa tannerie ?

— Je dirige les ouvriers et les dimanches après-midi j'organise des réunions avec des compagnons rencontrés dans des cafés arabes du quartier Mouffetard. Ils sont dans le commerce d'épices, la restauration ou le bâtiment.

— Des réunions pour quoi faire ?

— Pour penser à une Algérie sociale, démocratique et plurielle. C'est ce qu'on veut.

Elvire m'a toujours soutenu parce que mon combat est juste. Parfois, elle m'en veut de lui voler nos dimanches avec ces réunions faites d'échanges houleux, de chahuts d'écoliers et de prophéties pour un autre jour. Alors, pour se moquer de moi, elle me compare à Don Quichotte, cet hidalgo illuminé parcourant l'Espagne pour défendre les opprimés et qui, devenu fou à force de voir le mal répandu partout, a fini par batailler contre des monstres géants et des moulins à vent. Ça ne me vexe pas. Je préfère la démesure et l'exaltation à la servitude et la soumission. Tarik s'étonne puis me félicite que je n'aie rien perdu de l'esprit de révolte qui m'animait durant la guerre, ajoutant aussitôt que le peuple ne peut se nourrir indéfiniment de belles paroles : les belles paroles s'envolent, tandis que les actes restent. Avant de rejoindre les invités, il me propose de conduire la prière, demain à l'aube, au cimetière.

— Refuser serait me blesser et m'offenser, Adam.

4

Avec Alilou, deux buveurs de soleil et le cyclope, nous avons porté tante Safia sur une civière jusque devant son trou, creusé face à la mer qu'on devine dans le lointain, quand le ciel est bleu clair. Nous attendons dans la fraîcheur de l'aube Tarik, parti chez lui se changer après avoir veillé toute la nuit avec nous.

Nous sommes une centaine d'hommes, ce qui est important pour l'enterrement d'une vieille dame dont beaucoup ignoraient l'existence avant son décès. Demain, en début d'après-midi, ce sera le tour des femmes de se rendre au cimetière, elles viendront accompagnées de leurs filles suivies du cortège de pleureuses pour lui rendre un ultime hommage. Elles allumeront des bougies et déposeront des offrandes : les restes du dîner de la veille, mais le plus souvent elles laisseront quelques douros dans une petite jarre que les plus pauvres du village récupéreront la nuit venue. Puis, elles oublieront tante Safia pour bavarder jusqu'à ce que le soleil s'efface derrière nos montagnes. Le temps qui court leur est indifférent. Elles savent que c'est une invention humaine, que la seule vérité qui vaille est le perpétuel mouvement de la vie avec ses désastres, ses chagrins, ses fêtes, ses passions, ses flétrissures et sa fin inéluctable, car naître, c'est commencer à mourir.

Un buveur de soleil arrive du village hors d'haleine. Il a vu le caïd El Hachemi dans sa calèche s'arrêter devant chez moi pour déposer la plus jeune de ses épouses et son dernier fils.

— Tu devrais arrêter de fumer le narguilé, s'agace Rachid le rebouteux. Ce lèche-roumi ne fréquente pas les funérailles des petites gens comme nous.

— Exact, confirme le cyclope, le caïd est de tous les enterrements des colons et toujours au premier rang pour se faire bien voir.

Nous parviennent aussitôt le hennissement de chevaux et des bruits de sabots, nous nous retournons tous dans un même mouvement. Il apparaît. Il attache sa calèche devant la guérite du gardien, descend, rajuste son burnous et s'avance à pas lents vers nous. Il a vieilli, certes, mais son regard est le même, noir, hautain, suffisant. Il en impose toujours, le salaud. La petite foule s'écarte sur son passage. Il s'incline devant la dépouille de tante Safia puis il me serre dans ses bras puissants. J'ai le dégoût au bord des lèvres. Je ne peux m'empêcher de penser à Zina prisonnière de ses étreintes brutales. Il murmure dans mon cou que je peux compter sur lui si j'ai besoin de ses services. Je n'ai plus besoin de rien depuis qu'il m'a volé tout ce que j'aimais.

Tarik arrive, enfin. Il a revêtu une gandoura blanche trop juste qui le boudine au cul et porte un chèche rouge, la couleur des cheiks. Il salue d'un mouvement de tête le caïd qui l'ignore superbement. Nous nous rangeons en demi-cercle derrière lui, le silence se fait et il proclame : « Au nom d'Allah, le Clément, le Miséricordieux, maître de l'Univers, souverain du jour du Jugement dernier. C'est Toi que nous adorons ! C'est Toi dont nous implorons le secours. Guide-nous dans la voie droite. La voie de ceux que Tu as comblés de bienfaits. Non celle de ceux qui ont encouru ta colère, ni celle des égarés. Amine. »

« Amine », répétons-nous après lui.

Il s'approche au plus près du linceul et il implore : « Nous demandons à Allah d'accorder la miséricorde et le pardon à l'âme de la défunte et de faire de sa tombe un jardin parmi les jardins du paradis. À Allah nous appartenons. À Allah nous retournons. Amine. »

« À Allah nous appartenons. À Allah nous retournons. Amine », répétons-nous après lui.

Il fait un pas de côté et m'invite à prononcer quelques mots d'adieu pour la défunte. Je fais non de la tête. Tout a déjà été dit. Je la porte dans mes bras, la dépose dans son trou, on me tend une pelle, je la charge de terre que je jette sur le pauvre petit corps mort. Je la tends à Tarik qui en fait de même, puis c'est au suivant...

Une demi-heure plus tard, ma tante a disparu sous un monceau de terre ocre de cette Kabylie qu'elle n'a jamais quittée.

Le caïd El Hachemi m'invite à prendre place à côté de lui pour regagner la maison.

Qu'il aille au diable !

Je presse le pas pour rejoindre le cortège qui emprunte les petits chemins de traverse menant à Bousoulem.

Elle est là-bas, à l'écart des autres femmes, sous l'olivier de mon père, où nous nous donnions rendez-vous à l'aurore pour partir ensemble faire brouter nos moutons dans la vallée. Ses longs cheveux roux qu'elle laissait flotter au gré du vent, comme une provocation, sont cachés sous un voile de tristesse. Son visage, hier diaphane et lumineux, est maintenant d'une pâleur maladive. Mon cœur tape plus fort que le jour où je lui ai déclaré, rouge de confusion, que la vie sans elle ne serait pas une vie. Elle avait treize ans. J'en avais seize. Elle sourit puis son visage se fige et se ferme. J'ai tant à lui dire, mais les mots restent noués dans ma gorge. Je suis à portée de baisers. Je voudrais la serrer contre moi pour qu'elle écoute mon cœur qui a perdu la mesure. Je voudrais sentir l'odeur de sa peau, la chaleur de son souffle, ôter son voile noir, glisser mes doigts dans ses boucles rousses comme au temps où nous pensions que rien ne saurait nous diviser, jamais. Mais je reste là, ne pouvant pas faire un pas de plus, et je murmure, la voix vrillée par l'émotion :

— Merci d'être venue, Zina.

— C'est bien normal. Ta tante était comme ma tante. J'espère que tu trouveras le courage et la patience de surmonter ta peine.

— Il y a des deuils insurmontables.

— Nous le savons. On m'a dit que tu vivais en France pour toujours.

— Je suis parti pour oublier.

— M'oublier ?

— Non. Pour m'oublier loin de toi.

— Moi, je me console en relisant le carnet rouge que tu m'as laissé en rentrant de la guerre.

— Tu le relis souvent ?

— Très. Trop.

Ses yeux se brouillent de larmes. Je ne peux me retenir, moi non plus. Elles coulent le long de mes joues, de mon cou, de mon cœur. Il y a des larmes qui valent mille « Je t'aime encore ».

Je lui tends ma main, elle me tend la sienne, regarde par-dessus mon épaule.

— Yéma, yéma !

Elle lâche ma main, recule d'un pas. Un enfant accourt et se jette dans ses bras. Elle le couvre de baisers. Il remarque ses yeux rougis et lui essuie une larme du bout des doigts.

— C'est ce monsieur qui te fait pleurer, yéma ?

Elle hausse les épaules. Ce gamin est la réplique de Zina, même cheveux roux, mêmes yeux clairs, même teint de porcelaine. Il me détaille avec insistance puis demande qui je suis.

— Il s'appelle Adam. Comme toi.

— Tu le connais depuis longtemps, ce monsieur ?

Zina peine à sourire.

— Je croyais que tu m'avais appelé Adam parce que je suis ton premier homme.

Zina baisse les yeux et l'embrasse de nouveau.

— Tu veux quelque chose, mon adoré ?

Lui ne veut rien mais sa mère est appelée en cuisine pour donner un coup de main. Zina me regarde longuement, sa main frôle ma main, un frisson me traverse le corps, elle s'en va en me laissant avec son fils. Il continue de m'observer comme si j'étais une curiosité, puis il se plante près de moi, les mains dans les poches.

— Qu'est-ce que tu faisais avec ma mère ? Les hommes avec les hommes, les femmes avec les femmes. Tu devrais savoir ça.

Ce gamin a déjà le verbe cassant et le regard dédaigneux du caïd El Hachemi. Qu'il me fiche la paix, ce morveux ! Je veux être seul pour oublier l'inoubliable. Je lui désigne un groupe de garçons jouant aux osselets dans la cour et lui ordonne de les rejoindre. Si ça ne tenait qu'à lui, il irait volontiers, mais son père lui interdit de se mêler aux enfants du village. Il les considère comme mal éduqués, mal aimables, mal dégrossis. Le gamin continue à m'assaillir de questions. Mon âge ? Marié à plusieurs épouses comme son père ? Des enfants ? Combien ?

Mon métier ? Est-ce que je sais lire et écrire ? Où j'habite ? Paris. Quelle chance ! Un jour c'est sûr, il ira. La tour Eiffel ? Un jour c'est sûr, il la visitera. La Seine, est-ce que je m'y suis déjà baigné ? Est-ce qu'il pourra séjourner chez moi le temps de son passage dans la capitale ? Quand vais-je repartir ? Demain. Par bateau ? Par avion. Avion ! Il siffle d'admiration. Est-ce que je suis plus riche que son père ? Les Français de France sont-ils plus beaux que les Français d'Algérie ? J'acquiesce. Plus intelligents ? J'acquiesce doublement. Des musulmans, est-ce qu'il y en a beaucoup à Paris ? J'acquiesce triplement. Plus beaux ? Plus intelligents que ceux d'ici ? Je souris. Un jour c'est sûr, il ira voir ces musulmans parisiens, beaux et intelligents. Il rit la main devant la bouche pour cacher sa mâchoire édentée.

Il reprend son sérieux et me demande :

— Qu'est-ce que tu as dit à ma mère pour la faire pleurer ?

— Tu ne pourrais pas comprendre.

— J'ai neuf ans. Je peux tout comprendre si je veux. Mon père jure que je suis le plus intelligent et le plus dégourdi de tous ses enfants. Tu lui as dit des méchancetés, à yéma ?

— Je ne lui ferais jamais de mal. J'ai trop de sentiments pour elle.

— Tu n'as pas le droit d'avoir des sentiments pour ma mère. Je vais le répéter tout de suite à mon père.

— Dans ce cas, je ne t'inviterai jamais chez moi.
— C'est du chantage.
— Toi, c'est du mouchardage, ça ne vaut pas mieux.
Il enrage, donne un coup de pied dans une pierre, s'éloigne, revient les mains dans les poches.
— On n'aurait jamais dû venir à cet enterrement.
— Personne ne vous a forcés.
— Mon père ne voulait pas. C'est ma mère qui a insisté. Il lui cède tout.
— Il l'aime beaucoup ta mère ?
— Il lui cède tout, je te dis.
Le soleil est au plus haut, nous nous dirigeons côte à côte vers la maison pour déjeuner.
— On dirait que ça fait longtemps que tu la connais, ma mère.
— Chut.
Il promet de garder secrète notre conversation à la condition que je n'oublie pas ma promesse de l'inviter chez moi lorsqu'il sera grand. Nous tapons cinq dans la main. Ça vaut parole d'homme.

Beaucoup ont regagné leurs foyers après la cérémonie au cimetière. Nous ne sommes plus qu'une vingtaine à nous partager un plat de couscous aux fèves que l'on accompagne en buvant du lait battu. Le petit Adam a le privilège de rester à côté de son père. Les autres enfants ont été priés d'aller manger sur une bâche en toile de jute étendue dans le jardin. Je suis en bout de table et ma fonction de maître du lieu m'oblige à distribuer la parole, un peu comme lors de mes réunions à la tannerie. Ce sont les mêmes discussions que l'on réchauffe au goût du moment. Tarik qui, hier soir, avait commencé à raconter notre guerre à des jeunes hommes épris d'aventures poursuit son feuilleton, sur un ton de glorieuse épopée. Ah, Hitler ! Il ne tarit pas d'éloges sur le Führer. C'est un homme comme lui qu'il faudrait pour libérer ce pays des scorpions qui le vampirisent. Un de ces jeunes qui l'entourent se tourne vers moi :

— Et toi Adam, tu es d'accord avec cheik Tarik ? Il nous faut un Hitler pour nous guider vers la liberté ?

— Je ne crois pas qu'on ait besoin d'un chef providentiel. C'est toi, c'est lui, c'est nous qui allons mettre dehors les usurpateurs.

Le caïd El Hachemi repousse son assiette devant lui, signe de la plus vive réprobation. Tarik coule un regard vers lui et, sur un ton bien trop révérencieux pour être sincère, il dit :

— Je connais un homme inflexible et autoritaire qui pourrait être notre Führer s'il se décidait à retourner son burnous.

Le caïd El Hachemi en a assez entendu comme cela. Il se lève de table et nous sermonne.

— La France a conquis l'Algérie par la force, c'est vrai. Elle a proclamé que ce n'était pas dans un esprit de lucre, mais pour le relèvement matériel, social et culturel. Vous devez la croire. Revendiquez le droit d'être français à part entière et vous me trouverez à vos côtés. Aimer notre pays n'est pas incompatible avec le sentiment que vous devez porter à la patrie de l'Humanité.

Il marque un temps car cette tirade proférée d'une traite, comme une leçon bien apprise, lui a coupé le souffle. Il ajoute :

— Me concernant, je ne me retournerai jamais contre la France parce que je sais ce que je lui dois.

— Nous, on ne lui doit rien. Elle nous suce le sang et on crève pour elle, s'insurge un jeune.

— Un jour, il faudra qu'elle paie le prix de notre sueur et de nos larmes.

C'est maintenant le brouhaha et chacun y va de sa récrimination. Il est question d'honneur et de dignité bafouée. Il est question d'asservissement et de féodalité. Il est question de racisme et de ségrégation.

— L'oppresseur ne peut pas comprendre qu'il opprime puisque ça ne le fait pas souffrir, hurle je ne sais qui.

— Vive Hitler ! lance le cyclope.

Le caïd El Hachemi promet de dénoncer le subversif Tarik à la gendarmerie pour avoir fait l'apologie du nazisme et inciter une jeunesse malléable et sans instruction à la révolte. Fin de la discussion.

Tout le monde se sauve de peur des représailles. Le caïd encore rouge de colère ordonne à son fils d'aller chercher sa mère et s'en va récupérer sa calèche en maudissant cette race maudite de bons à rien.

Zina et le petit Adam sont sur le pas de la porte. Zina esquisse un bref sourire puis détourne le visage.

Je sais désormais que nous ne nous reverrons plus.

Accepte l'assurance de mon affection éternelle, ma bien chère Zina. Adam qui ne pourra t'oublier, jamais. Bousoulem, le 3 avril 1947.

La calèche est avancée, elle monte, tenant par la main son fils. Le caïd El Hachemi cravache la croupe des chevaux. Zina me fait un signe d'adieu de la main, la calèche disparaît derrière un nuage de poussière.

Tarik s'excuse d'avoir gâché nos retrouvailles avec ses nostalgies nazies. Je n'écoute pas. Je ne suis plus là. Demain matin, je donnerai la clé de ma maison à Alilou pour qu'il me la garde si jamais je reviens un jour dans ce village qui m'a vu naître, grandir, aimer pour la première fois, qui m'a vu partir à la guerre, enterrer mon père, ma mère et tante Safia, la dernière des Aït Amar.

5

Elvire dort. Elle est belle au présent comme au passé, comme elle le sera lorsqu'elle se réveillera. Elle n'est pas de ces beautés qu'on affiche pour de la réclame aux flancs des autobus ou dans les couloirs du métro, elle est beaucoup plus et beaucoup mieux que cela. Sa beauté, c'est son tempérament ardent et sensible à l'excès, sa beauté, ce sont ses grands yeux noirs de mélancolie, sa beauté, ce sont ses cheveux noirs coupés à la garçonne, sa beauté, c'est le charme de sa voix suave qui éveille en moi des élans de tendresse.

Je remonte le drap sur ses épaules nues, dépose un baiser sur son front ; elle ne bouge pas. Je sors de la chambre pour me faire un café robuste, celui qu'on m'avait servi à l'aéroport de Maison-Blanche, à Alger, était plus fadasse que la lavasse qu'on sert aux Buveurs de Soleil. Je tire un coin de rideau : le ciel de printemps parisien se confond avec le gris des toits. Au bas de la rue Mouffetard, c'est l'agitation des samedis matin. On se bouscule autour des étals des petits marchands ambulants et on fait la conversation par groupes de huit ou dix au milieu de l'étroite chaussée. Un livreur de journaux à bicyclette essaie de se frayer un passage ; un vitrier, son châssis en bois et ses précieuses plaques de verre sanglés dans le dos, crie à la cantonade : « Carreaux cassés, v'là le vitrier qui passe ! » Un bougnat noir comme un mineur de fond a stoppé sa charrette de sacs de charbon et peste contre cette foule aussi indisciplinée que celle d'El Kseur les jours de souk. Les cloches de l'église Saint-Médard sonnent onze coups ; Elvire apparaît.

Sa beauté, c'est encore ce sourire au lever, sa beauté c'est surtout ce visage qui dit : « Je t'attendais hier soir, je t'attendrai demain, je t'attendrai toujours. »

Je la serre tout contre moi, comme si nous avions été séparés depuis très longtemps. Nous nous asseyons autour de la table, je lui verse une tasse de café avec un sucre et nous nous regardons en silence. J'aime nos silences complices qu'on pourrait prolonger à l'infini. J'aime quand elle me regarde de ses yeux sombres pleins de promesses et d'éclats. J'aime ses doigts fébriles qui se glissent entre les miens pour ne plus me lâcher ; c'est sa manière de me dire qu'elle m'aime. Pourtant, nous n'avons jamais osé nous avouer nos sentiments. Nous sommes des cœurs cabossés. Elle a perdu le seul homme qu'elle aimait : son père. J'ai perdu celle que j'aimais : Zina.

Après avoir pris le chemin de l'exil, j'étais comme un chien sans collier ne sachant où me perdre davantage dans la grande ville. De matins blêmes en nuits blanches, de bouges malfamés en hôtels minables où je broyais du noir du crépuscule à l'aube, d'errance en vagabondage sous des cieux inhospitaliers, j'avais franchi le boulevard ceinturant Paris et j'étais arrivé un soir de janvier, en banlieue, à Gentilly. J'avais toqué à la porte de la tannerie. Elvire ne semblait pas étonnée de me voir là, devant elle, tout tremblant de froid. Ne sachant pas par où commencer, j'avais dit :

— Alors l'Amérique, c'était bien ?

Elle n'avait pas répondu.

— Les bateaux à roues, le Mississippi, les chanteurs de jazz noirs ?

Elle n'avait pas répondu.

— Les vieux séquoias ? New York ?

Nous nous étions regardés, au fond des yeux, comme maintenant, puis elle m'avait souri, comme maintenant. Il y avait de la douceur et du désespoir dans ce sourire-là. Elle m'avait pris la main et j'étais entré dans son cœur.

Elle qui s'était aménagé une petite pièce dans la tannerie pour dormir avait, quelques jours plus tard, loué ce petit appartement au 15 de la rue Mouffetard pour faire de nos vies balafrées un havre de paix.

La première nuit que nous avions passée ensemble, dans le même lit, nos corps s'étaient aimantés naturellement. Nos bouches raffolaient de nos baisers. Sa peau, ma peau s'aimaient à n'en plus pouvoir s'en détacher. Pourtant Elvire et moi ne nous connaissions pas tant que ça. Nous avions voisiné sur le même palier de chambres de bonne d'un immeuble de l'avenue des Gobelins. Puis son père et Samuel avaient été avalés par la Gestapo. Puis Tarik avait rejoint les brigades fascistes. Puis nous étions restés seuls. Tout seuls. Et pendant ce temps, les loups toujours plus nombreux chassaient le Juif dans les rues de la capitale.

Avant que la bande à Hitler ne fasse un sort à Elvire, j'avais décidé de l'exiler loin, en Normandie. À Dives-sur-Mer. Dans la maison de M. Grandjean, le vieil instituteur de Bousoulem rentré en France à la retraite. M. Grandjean. Je lui devais de savoir lire, compter, écrire. Mais surtout, je lui devais de savoir penser par moi-même. La veille de la Libération, Elvire et moi avions passé la nuit dehors à rêver les yeux grands ouverts, la tête dans les étoiles, et nos corps s'étaient rapprochés comme une évidence. Le lendemain, on s'était dit adieu avec chacun sa vie à remplir de souvenirs à venir. Elle, c'était certain, partirait pour l'Amérique. Elle irait voir les chanteurs de jazz noirs, les vieux séquoias de la Sierra Nevada, les bateaux à roues sur le Mississippi, New York, la ville tout en hauteur. Elle voulait tout savoir, tout connaître de ce grand pays, mais avant de traverser l'océan, il fallait qu'elle en parle à son père.

Partout dans Paris s'était répandu le bruit que les Alliés délivraient les prisonniers des camps de concentration. Chaque matin, elle attendait soit devant l'hôtel Lutetia, soit sur un quai de gare, que son papa descende du train pour qu'elle puisse enfin prendre son envol. Au fur et à mesure, il y a eu moins de trains, moins de prisonniers, moins de Juifs aussi. Alors elle s'est installée dans le bureau de son père, comme pour lui dire, le jour où il réapparaîtrait, qu'il pouvait être fier de sa fille. Sa tannerie aurait été bien entretenue durant son absence. Les semaines ont filé, il n'est jamais revenu.

Elvire frissonne, relève le col de sa robe de chambre, se verse du café et boit en fumant une de ses Craven A qui embrume la pièce.

— Alors, comment ça s'est passé l'enterrement de ta tante ?

— Ça s'est passé.

— C'est tout ?

— Non. J'ai revu Tarik.

Elle presse sa tasse entre ses mains, se cabre, esquisse une moue de dégoût. Elle ne veut pas que l'on parle de lui, de ce qu'il est devenu, même si elle l'espérait mort comme beaucoup de ceux qui avaient collaboré avec les Allemands.

La guerre, Hitler, les Juifs, l'Occupation, la déportation, Elvire a mis tout ça de côté, non pour oublier, l'oubli ne se décrète pas, mais pour taire ses rêves d'aventures et poursuivre l'œuvre de son père. L'an dernier, pour ses vingt-quatre ans, elle a fait apposer au fronton de l'usine un nouveau panneau où on peut lire en lettres bleues, blanches, rouges : « Établissement Jacob Bergman père et fille. » Depuis ce jour, elle porte un chapeau noir comme témoignage du deuil de son père pour toujours disparu.

Hier, c'était une grande journée. Jaf, la célèbre marque de ballons de sport, nous a commandé cinq cents peaux de veaux à tanner à fleur. Pour fêter la belle affaire qui nous donnera du travail pour les six mois à venir, Elvire a réservé une table à La Cuisse de Jupiter, le restaurant bourgeois de la rue Soufflot. Elle s'était promis de passer à son bureau finir la comptabilité mais elle n'en a plus envie. Elle préfère aller Au Bon Marché, le magasin des femmes élégantes, pour s'offrir une robe tout ce qu'il y a de plus chic, qu'elle a repérée sur leur catalogue. Elle s'étire, frotte ses yeux, regarde l'heure à l'horloge de la cuisine.

— J'ai demandé à Gaston, Lucien et Mohamed de réceptionner les peaux cet après-midi. Tu devrais aller faire un tour. Mohamed n'a pas l'air dans son assiette en ce moment.

— Qu'est-ce qu'il a ?

Elle hausse les épaules, m'embrasse furtivement sur le nez, disparaît dans la chambre.

6

De tous mes ouvriers, Mohamed est celui que je préfère. C'est l'agence pour l'emploi des Nord-Africains qui nous l'a envoyé il y a deux mois. Il est volontaire, ponctuel, timide, non par nature, mais parce qu'il s'exprime dans un français défaillant dont ne se privent pas de se moquer ses collègues. Il a laissé à Biskra, une ville de garnison aux portes du Sahara, sa femme et ses cinq enfants qu'il souhaite rapatrier dès qu'il aura assez économisé pour louer un logement décent. Pour l'heure il loue, au Chat qui dort, une chambre sans commodités, avec vue sur une cour où le soleil ne s'aventure jamais. À quarante ans, c'est déjà un homme usé. Il a le dos cassé, les cheveux blanchis, un teint de cendre, mais surtout il n'a pas la santé. Le chlore, l'ammoniaque, la chaux, que nous utilisons pour traiter le cuir, lui chauffent les poumons, le font tousser et cracher comme un Chinois. Je lui ai proposé d'écrire à l'agence pour qu'elle le recase dans un emploi à sa mesure ; il a refusé. C'est avec moi qu'il veut rester parce qu'il peut s'épancher sans retenue quand il a le mal du pays. Je suis le seul à pouvoir le comprendre.

Certains soirs, après le travail, je le coince une paire d'heures dans le vestiaire pour lui apprendre à parler le français correctement. Au début, il trouvait que mes leçons étaient de véritables séances de torture. Le présent, l'imparfait, le futur, le passé simple, le passé compliqué lui donnaient des vertiges. Puis il s'est pris au jeu. C'est lui qui, désormais, me réclame des cours, même si je sais que c'est un prétexte pour discuter de nos vies de déracinés.

Un jour que je lui apprenais la différence entre le vouvoiement et le tutoiement, il m'avait interrompu pour me demander d'où je tenais tout ce savoir, car à Biskra l'école était réservée aux enfants de militaires, de roumis et de caïds. J'avais répondu qu'à Bousoulem il en était de même. Avec émotion, j'ai parlé de l'instituteur de mon village qui prenait sur ses congés de fin de semaine pour m'apprendre à écrire, à parler sans faute et à lire. Lire pour s'ouvrir sur le monde et transmettre à d'autres qui, comme moi, n'avaient pas eu la chance de trouver un bienfaiteur sur leur chemin. Mohamed était resté coi puis il m'avait envié : il n'avait jamais connu de Français au cœur généreux qui le prenne sous son aile pour lui ouvrir les portes de la connaissance.

Parfois, en fin de cours, nous essayions de gommer notre accent du bled en imitant celui des Parisiens ; ça nous faisait bien rire car il nous était impossible de causer sans rouler les R.

Mes gars sont déjà à l'ouvrage. Gaston plie en deux les peaux séchées que lui jette Lucien du haut du camion. Mohamed les entasse sur un chariot qu'il fait ensuite tremper dans des bassins de bois immergés dans la Bièvre pour qu'elles dessalent, se rincent, se gorgent d'eau quelques jours avant l'écharnage. Je les salue d'un grand bonjour sonore. Gaston, le vétéran de l'équipe, mais aussi le plus mal aimable, ne relève pas. Lucien sourit en dressant le pouce. Je ne m'étais pas trompé en engageant ce jeune homme d'à peine vingt ans. C'est un gaillard aimable, infatigable et serviable. Ce qui m'avait frappé quand je l'avais vu pour la première fois, ce n'était ni sa carrure d'athlète, ni ses cheveux dorés, ni même ses yeux plus bleus qu'un ciel de Kabylie, c'étaient ses grosses mains calleuses, comme s'il avait déjà plusieurs vies de labeur derrière lui.

Mohamed, qui d'habitude m'accueille par un large sourire puis me lance immanquablement : « *Salam alikoum*, chef », me fuit du regard. Il tousse, crache jaune, se torche la bouche d'un revers de manche et évacue les dernières peaux. Lucien saute du camion, allume une cigarette qu'il pince entre le pouce et le majeur à la manière des vedettes de cinéma. Prenant un air de gravité qui ne lui convient pas du tout, il me demande si c'était bien l'enterrement. Il réalise l'énormité de sa question et s'excuse aussitôt. Maintenant que le travail est terminé, il aimerait que je lui donne la permission de partir, car le samedi soir, c'est Balajo. Il doit passer chez le coiffeur, se faire propre, mettre ses beaux habits de zazou pour briller sur le parquet du dancing. Tout ça va lui prendre du temps. Gaston aussi veut déguerpir avant l'heure, sans raison particulière. Enfin, si, il en a une. À l'époque de M. Bergman, personne ne trimait le samedi. Puisque c'était shabbat pour lui, ça l'était également pour ses ouvriers.

Gaston, le malgracieux, fidèle parmi les fidèles de M. Bergman, ne m'a jamais accepté. Je pense, à vrai dire je suis sûr, qu'il me prend pour un usurpateur. Il n'est pas un jour sans qu'il ne me le fasse remarquer par de perfides allusions. Ah, quand M. Bergman était là, on ne faisait pas comme ça. Ah, si M. Bergman était là, ça ne se passerait pas comme ça. Ah, si M. Bergman voyait ça. Je prends sur moi à défaut de prendre sur lui.

Il regarde ostensiblement sa montre en soupirant nerveusement.

— Du temps de M. Bergman…

— Allez, dégagez ! Je vous ai assez vus.

Reste Mohamed. Il va les bras ballants, l'âme chagrine, le long de la petite rivière crasseuse qui charrie les eaux sales de Paris, nos déchets putréfiés et nos produits chimiques usagés. Il ramasse un caillou qu'il fait ricocher à la surface de l'eau.

— Qu'est-ce qui ne va pas ? C'est encore le mal du pays qui te rend si malheureux ? Retire ton tablier. Je te paie un café chez Édouard. Tu m'expliqueras ton problème.

Il refuse. Son problème c'est justement Édouard. Il s'est disputé avec lui et il l'a ridiculisé devant ses clients. La rage au ventre, il le maudit en arabe, en français, en n'importe quoi. Il respire un grand coup, le temps de reprendre ses esprits.

— Voilà comment ça a commencé, chef.

Des rats. Des légions de rats. Gros comme des chats. Ils grouillent la nuit dans sa chambre, grattent sur le plancher, crottent partout, l'empêchent de dormir. Ils se nourrissent dans son garde-manger et le narguent jusque dans les cabinets au bout du couloir. La semaine dernière, il en a trouvé une nichée sous sa couverture. C'était trop. Il est descendu se plaindre à Édouard et a exigé qu'il dératise l'hôtel. Avec l'argent qu'il lâche chaque mois pour son loyer – la moitié de son salaire –, c'est bien le moins.

Édouard lui a balancé avec un mauvais rire de gorge : « Les rats, les rats, t'es en famille avec eux. »

Les clients se sont esclaffés puis ont chanté : « Quand un raton rencontre un autre raton, qu'est-ce qu'ils se racontent ? Des histoires de ratons. »

Mohamed était mortifié. Il n'avait pas les mots pour répondre à ces paroles humiliantes. Envie de meurtre. Envie de mourir. Envie de pleurer. Envie de disparaître. Envie de fuir. Fuir pour retrouver son désert. Fuir pour retrouver femme, enfants et tout oublier.

Il ramasse un autre caillou qu'il serre fermement au creux de sa main : « Qu'on soit ici ou chez nous, pourquoi ils ne nous aiment pas ? Qu'est-ce qu'on leur a fait ? Peut-être qu'il faut aller dans un autre pays pour avoir la tranquillité. »

J'ai une boule à l'estomac et elle remonte, elle remonte. Nous ne fuirons pas. Nous ne leur devons rien. Nous avons versé tant de sang pour abreuver leurs sillons, laissé nos frères sur leurs champs de guerre pour défendre leur liberté dont ils nous privent encore aujourd'hui.

— Viens avec moi, Mohamed. Je vais m'expliquer avec ton logeur puisque je ne t'ai pas encore appris les mots pour te défendre.

Il secoue la tête. Il ne veut pas d'esclandre. Il a peur qu'Édouard le fiche dehors. Où ira-t-il après ? Sous les ponts comme un vagabond ? Dans un gourbi avec d'autres rats ? Dans un foyer où s'entassent des centaines de travailleurs coloniaux ? Il préfère encore s'écraser. Je le prends par l'épaule, comme un petit frère, alors qu'il est mon aîné de dix ans, et les yeux dans les yeux je lui dis : « On n'en peut plus d'être soumis à leur volonté. S'il t'a blessé, mis plus bas que terre, je le suis aussi. Soyons enfin des hommes debout. »

Et comme Danton, j'ajoute : « De l'audace. Encore de l'audace. Toujours de l'audace et nous serons sauvés. »

Mohamed approuve mollement et s'en va, traînant les pieds, se changer dans le vestiaire.

Je ferme le portail de la tannerie. Je remarque qu'Elvire n'a pas relevé le courrier. Un journal dépasse de la boîte, c'est la gazette municipale. Sur la première page, un héros de la Résistance, des médailles au revers de son veston, témoigne de ce qu'il a vu et vécu. Le baroud, la mort, les destructions, la défaite, de Gaulle le sauveur, la Libération. Je connais tout ça par cœur, hélas. Alors que je m'apprête à remettre la gazette dans la boîte, une lettre tombe d'entre les pages. Machinalement, je la glisse dans ma poche de veste car aucun courrier ne m'est jamais destiné.

Qui pourrait m'écrire ?

Qui sait que j'existe ici hormis Alilou, le *kawadji* ?

Le ciel gris qui menaçait depuis mon arrivée d'Algérie tôt ce matin a viré au noir et libère des rafales de grêle qui nous fouettent le visage. Mohamed avance la tête dans les épaules, répétant en boucle : « Que vas-tu lui dire, chef ? »

Nous entrons dégoulinants de grêlons fondus au Chat qui dort. Mohamed est dans mon dos, il n'en mène pas large. Le patron est seul derrière son comptoir, les poings sur les hanches, la nuque raide, le regard haut et fier. Malgré tous ces efforts pour se donner un peu d'allure, il ne paie pas de mine, l'Édouard. C'est un petit bonhomme tout en os avec une moustache qui se veut gauloise, mais qui n'est que de la filasse grise pendouillant à la commissure des lèvres. Il ignore Mohamed, m'interpelle d'un coup de menton.

— Qu'est-ce qu'il prendra le loulou de la petite Bergman ?

Le loulou n'a soif de rien. Je jette sur son comptoir deux billets.

— Ça ira pour dératiser votre hôtel ? À moins que vous ne préfériez que j'écrive aux services d'hygiène de la ville.

Le message est passé. Il voit rouge, s'anime, peste contre Mohamed.

— Si le régime ne te convient pas, décampe. Ça ne manque pas de taudis pour des gens comme toi aux portes de Paris.

Il détourne le regard.

Et moi, qui suis-je pour lui donner des ordres et le menacer ? Un voyou juste bon à abuser du malheur et de la crédulité de la fille de M. Bergman.

— Du balai, les bicots !

Je ne bouge pas. Il sort de dessous son comptoir un fusil et me met en joue. Mohamed rend les armes en s'excusant ; il est prêt à cohabiter avec les rats s'il le faut, mais par pitié qu'on en finisse. Je ne bouge pas. À trois, il jure de me faire exploser la tête. Un. Je ne bouge pas. Deux. Je ne bouge pas. Trois. Son index tremble sur la détente. Je sors à reculons.

Dehors, la grêle, la pluie ont fait place à un grand ciel plein de lumière. Mohamed enrage :

— Tu vois, ils sont trop forts. On est obligés de fermer notre gueule.

— Je t'ai dit que c'était fini. Nous sommes des hommes debout, maintenant. Rappelle-toi Danton : de l'audace.

Avant de regagner sa chambre par la porte de service, Mohamed se retourne et me demande où j'ai connu ce Danton si sûr de lui et si j'en parlerai à la prochaine réunion.

Je relève le col de ma veste.

— Et le régime, tu m'apprendras qu'est-ce que ça veut dire ?

7

Dans ta robe jaune à petites fleurs blanches, dont le fermoir à boutons nacrés remonte jusqu'à la naissance de tes seins menus, tu illumines, ma chère Elvire. Je t'envisage du bout des yeux. Plus, je n'ose pas. Tu parles fort avec les mains comme les filles de mon pays. Tes lèvres rouges dessinent des « Oh », des « Ah », et j'aime ça. Tu as des projets pour deux ; un appartement plus grand pour accueillir un enfant à venir, pourquoi pas. Tu rêves de voyages. D'abord l'Amérique avec ses vieux séquoias et ses chanteurs de jazz noirs. L'Italie, aussi. Rome, surtout. L'Espagne. Cordoue, Grenade et leurs palais des *Mille et Une Nuits*. Moscou, pourquoi pas. Tu as du sang russe du côté de ta grand-mère. Et si la tannerie ne te mange pas toutes tes heures : reprendre des cours de théâtre comme avant la guerre, quand ta vie était si douce. Ce soir, tu m'intimides, chère Elvire. Je n'ai faim de rien, je n'ai soif de rien, je n'ai besoin de rien d'autre que toi. Qu'on envoie l'addition. Qu'on s'en aille d'ici et fissa. Que je te fasse l'amour. Que je te dévore toute crue. Et après que nos corps seront épuisés de s'être tant donnés, je t'offrirai ma vérité. Je te la dois. Je te dirai que tu es ma tendresse, mon espérance, ma solitude, ma joie, ma consolation, mon amie, mon nouvel amour.

Ta main effleure la mienne, tes doigts lentement s'insinuent entre les miens, tu me regardes au fond des yeux, un doux frisson me traverse la poitrine, et c'est bon. Tu me souris et me demandes en minaudant comment je trouve ta robe jaune.

— Magnifique. Elle a été faite pour toi.

Tu rougis. Et tes cheveux. Ai-je remarqué que tu les as fait couper plus court ? Et tes escarpins noirs vernis. Est-ce qu'ils te font une jolie cheville ? Et le mascara sur tes cils ? Bien ? Pas bien ? me demandes-tu encore.

Tu n'as pas besoin de cet artifice pour que tes yeux plus sombres que les ténèbres volent toute la lumière. Je ne peux plus attendre, je vais t'avouer, à l'instant, combien je t'aime, bien chère Elvire. Mon cœur bat la chamade. Tendresse, passion, joie, douleur, par où commencer ?

Mes mains tremblent.

— Tu n'as rien mangé, Adam. Ça ne va pas ?

Je bredouille, non, oui, non. J'ai la gorge sèche. Je bois un verre d'eau. Je glisse mes mains dans les poches de ma veste pour cacher cette tremblote qui trahit mon émotion. La lettre. Sa lettre. Je la pose sur un coin de table. Je dégage les épaules pour me donner plus de contenance. Maintenant, je suis prêt.

— Elvire, ce soir, je veux te dire, je veux que tu saches...

Ça ne va pas. Je me reprends.

— Elvire, il y a des choses au fond de mon cœur que je ne peux plus garder pour moi.

Je cherche son regard mais elle ne me voit pas, ne m'écoute pas. Son attention est attirée par l'enveloppe. Elle la retourne, l'ouvre avec la pointe de son couteau. Elle déplie la lettre, la lit, et bascule d'avant en arrière sur sa chaise, comme sonnée. Les mots restent prisonniers de sa gorge. Elle la relit en suivant chaque ligne du bout des doigts puis elle me la tend, ferme les yeux, cache son visage derrière ses mains.

Jérusalem, le 18 janvier 1947

Chère Elvire,

C'est le cœur serré que je t'écris enfin. Je suis avec ton père sur la terre de nos ancêtres et c'est un miracle que nous soyons encore en vie. Nous avons été les derniers à être libérés des camps de la mort par l'Armée rouge. Je n'aurai jamais assez de toutes mes prières pour les remercier. Nous avons traversé tant d'épreuves, affronté cent périls pour arriver ici. J'ai failli perdre ton père deux fois, du typhus et de la tuberculose que nous avons tous attrapée au camp. Si Dieu le veut, je te raconterai notre périple de port en port. Chaque fois, nous avons été refoulés, avant de débarquer enfin en

Palestine début 1946. Ici, à Jérusalem, tout respire notre histoire, notre mémoire, notre foi. La plus petite pierre, le plus petit grain de sable, la plus petite goutte d'eau est juive. Dieu est partout sur cette terre qui nous est sacrée. Sans doute dois-tu te demander pourquoi je ne suis pas reparti en Algérie après ma libération et surtout pourquoi ton père n'est pas rentré en France pour te retrouver. Nous, les survivants de l'horreur, nous voulons édifier un foyer juif en Palestine pour protéger nos enfants. Mais rassure-toi Elvire, il n'est pas une journée sans que ton père ne me parle de toi. Il te construit une grande maison, un palais plutôt, face à la synagogue Hurva où je vais prier chaque jour que Dieu fait. Bien que la détention l'ait affaibli, il est sur le chantier du lever au coucher du soleil. Dès que ta maison sera terminée, il t'écrira pour que tu viennes t'installer et que tu fondes une famille sur la terre des fils d'Israël. Ce sera le plus beau jour de sa vie. Je n'aurais jamais trahi son secret s'il n'était pas si diminué ces derniers temps. Il maigrit de semaine en semaine. Cette lettre est comme une bouteille jetée à la mer, avec l'espérance que tu sois toujours de ce monde.

Avec toutes mes pensées affectueuses,
Samuel Zerbib.

J'ai le souffle coupé. Je passe mon doigt sur le timbre-poste de Palestine et je relis hébété cette lettre, comme si elle n'était qu'un mirage.

8

En sortant du restaurant, Elvire était livide, hagarde, comme foudroyée par cette incroyable nouvelle. Serrant la lettre de Samuel dans sa main, elle murmurait des choses incompréhensibles, ponctuées d'éclats de voix desquels jaillissaient : « Pas possible ! Palestine ! Jérusalem ! Pourquoi ? » Puis elle chancelait et, bien que le souffle lui manquât, elle se répétait sans cesse. Moi, tout pareil, j'étais sidéré. Samuel, mon frère de guerre que je croyais perdu à jamais, ressuscitait d'entre les morts. J'étais si secoué que je ne savais pas si je devais me réjouir de le savoir en vie ou le haïr d'avoir tant tardé à se manifester.

Place de la Contrescarpe, nous avions fait une pause sur un banc public pour reprendre nos esprits. J'avais pris la main d'Elvire ; elle était froide. Nous nous étions murés dans nos silences un long moment avant de repartir blottis l'un contre l'autre.

Nous n'avons pas dormi de la nuit. Elvire pleurait sans retenue, le regard tendu au plafond, puis elle riait par spasmes à en devenir écarlate. Elle filait ensuite à la salle de bains se doucher à l'eau froide et, nue devant le miroir, elle regardait son visage défait en se demandant si son père la reconnaîtrait. Et de nouveau, elle titubait jusqu'au lit, et c'étaient d'autres crises de larmes, d'autres fous rires, d'autres pourquoi.

Sur le coup des deux heures du matin, je l'ai bordée sous plusieurs couvertures, je me suis allongé près d'elle. J'étais brûlé de fatigue, mais le sommeil ne me venait pas. Je nous revoyais Samuel, Tarik et moi dans la gadoue du front de guerre. L'aviation allemande déversait sur nous des orages de bombes. Nous répliquions en tirant en l'air avec nos pétoires récupérées de la guerre 14-18. Des soldats gisaient à côté de civils, de chiens, de chevaux morts que nous enjambions dans une sorte d'indifférence. Et ça pilonnait sans répit. Et les Allemands nous encerclaient. Et nous étions pitoyables et ridicules. Et nous étions vaincus. Et les Allemands nous avaient tous faits prisonniers. Nous avions marché tête basse jusqu'à la gare où le drapeau nazi flottait déjà. Samuel, Tarik et moi, nous nous tenions par la main comme des enfants égarés dans un monde devenu fou. On nous avait triés : les Français de souche européenne d'un côté, nous les soldats des colonies : « *Raus ! Schnell !* Là-bas, au bout du quai. » Nous ne savions pas, alors, qu'un autre enfer nous attendait, dans un camp de travail au nord de cette France qui n'était plus qu'un vaste champ de ruines.

Le jour se lève à peine, tout est gris dehors et j'ai froid. Elvire n'a pas cessé de ressasser durant la nuit une colère froide contre son père. Elle le maudissait, se promettait de lui faire payer ses nuits blanches, ses cauchemars et ses années d'absence où il ne se passait pas un jour sans qu'elle soit hantée par son fantôme.

« N'est-ce pas qu'il est impardonnable ? » me demandait-elle lorsqu'elle n'en pouvait plus de soliloquer.

J'approuvais d'un raclement de gorge. La minute d'après, tout était oublié, balayé, excusé. Elle était prête à faire sa valise pour le rejoindre et s'occuper de lui, son père, l'homme de sa vie. Elle réserverait sa place dans un avion ou un bateau en partance pour cette terre inconnue et le rapatrierait pour qu'il reprenne en main ses affaires, comme au temps des jours heureux. S'ensuivaient des flots de sanglots et des tonnes de pourquoi.

— À quoi penses-tu, Adam ?

— Je ne veux plus penser à rien.

Je vais à la cuisine faire du café. Elle me rejoint, s'assoit face à moi, elle a les yeux cernés, un teint de cadavre. Elle allume une cigarette. Je lui sers son café. Elle ne le boit pas. Elle est immobile, silencieuse, perdue dans ses pensées.

— Tu pars quand ?

— Dès que je trouverai une place.

— Tu veux que je t'accompagne ?

Elle ne réagit pas.

— Tu ne veux pas ?

Elle prend ma main et glisse ses doigts entre les miens.

— Tu ferais ça pour moi ?

— Je le ferais parce que je...

Elle sursaute, secoue la tête, c'est impossible. La réalité reprend ses droits. Nous avons du travail par-dessus la tête. Elle se lève, vide sa tasse de café dans l'évier et remets son projet à une autre fois.

Son père peut bien attendre encore quelque temps.

Je la prends dans mes bras :

— Si on me disait : « Ton père n'est pas mort, veux-tu le revoir maintenant ou une autre fois ? » Je plaquerais tout à la seconde et j'irais le retrouver, en marchant sur les mains s'il le faut.

9

Du balcon de ma chambre, j'entends le sac, le ressac, le chant d'un vol de mouettes, et l'air du large me détend enfin. À quai, des marins reprisent leurs filets à la lueur de guirlandes d'ampoules électriques blanches et rouges. Les vendeurs de poisson frit nourrissent de leurs invendus des chats venus par légions. Sur le boulevard de mer, aussi loin que porte mon regard, je ne vois plus âme qui vive. Le ciel est sans nuages, sans lune, sans étoiles. Beyrouth s'éteint peu à peu dans le bleu du soir.

Lorsque nous avons débarqué en fin d'après-midi sous un soleil d'or, nous avons été accueillis par un monde d'odeurs, de bruits et de couleurs pareil à celui d'Alger. Les taxieurs klaxonnaient follement, les conducteurs de calèches ahanaient des « Hrrr ! Hrrr ! » en fouettant le cul de leurs carnes apathiques, les marchands ambulants zigzaguaient, plateau de cuivre à la main, entre les autos, les vélos, les bourricots, pour vous caser leurs baklavas et chawarmas. Il y avait aussi des portefaix en maillot de corps, le front moite de sueur, qui s'invectivaient dans un arabe différent de celui pratiqué dans mon pays pour avoir les faveurs des premiers voyageurs descendus du bateau. L'un d'eux, un colosse au sourire généreux, nous a abordés en nous souhaitant la bienvenue au pays du cèdre. Il a ensuite pointé du doigt une tour carrée au tout début de la corniche, cette longue promenade bordée de palmiers face à la Méditerranée, et a juré, foi de Levantin, que nous ne trouverions pas mieux que le Saint-Georges pour passer la plus douce des nuits. En échange de quelques pièces, il a empoigné nos valises et coincé sur son épaule celle du père d'Elvire, qu'elle avait remplie de deux costumes, de chemises, de cravates et de son chapeau de feutre noir afin qu'il soit le plus beau des patrons à son retour en France. Le concierge de l'hôtel, un vieil homme au visage fermé, dont l'eau de toilette à la violette empuantissait le hall de la réception, a feuilleté nos passeports avec suspicion puis nous les a rendus en se grattant la nuque.

— Elvire Bergman. Adam Aït Amar. Vous n'êtes pas mariés. Ça ne va pas être possible.

Le règlement du Saint-Georges était formel sur ce point : interdiction d'héberger des couples illégitimes. À moins que... Il a jeté un bref coup d'œil à droite, à gauche – il n'y avait personne aux alentours pour l'espionner –, et a discrètement frotté son pouce contre son index : message compréhensible quel que soit le pays où l'on se trouve. J'ai glissé deux billets dans sa main. Il a tordu le nez. J'ai répliqué avec la même grimace et précisé qu'il n'aurait rien de mieux car dès demain matin nous prendrions la route de Jérusalem. Il a concédé que pour une nuit, c'était bien payé, il a même eu l'amabilité d'envoyer un chasseur nous réserver deux places dans le premier autocar.

Une fois installés dans la chambre, j'ai proposé à Elvire qu'on nous fasse monter de quoi nous restaurer. Elle n'avait faim de rien. Depuis Marseille, elle n'avait pas mangé. C'étaient les retrouvailles avec son père qui lui nouaient l'estomac. Elle avait relu je ne sais combien de fois la lettre de Samuel, elle était même capable de dessiner les yeux fermés le timbre-poste sur l'enveloppe. On y voyait le Mur des lamentations ainsi qu'une légende en écriture hébraïque et arabe. Lorsqu'elle ne relisait pas sa lettre, elle errait dans les coursives du bateau. Il lui était arrivé durant ces deux jours de traversée de subitement s'inquiéter de la bonne marche de la tannerie. Une semaine plus tôt, nous avions informé la douzaine d'ouvriers présents de notre départ pour la Palestine, avec l'espoir de rapatrier M. Bergman.

Aussitôt les questions avaient fusé.

— Combien de temps vous partez ?

— Quelques jours.

— C'est combien quelques jours ?

Je m'étais hasardé à prédire une quinzaine de jours, au plus.

— Jérusalem, c'est où ?

— Dans la Bible, avait répondu Gabin, le magasinier, un échalas à tête de hibou, ancien comique troupier dans une brigade du rire sur la ligne Maginot.

— Qu'est-ce qu'il est allé faire là-bas ?

— Pourquoi le ramener s'il a décidé de refaire sa vie loin de nous autres ?

Gaston n'en croyait pas ses oreilles. Pour une bonne nouvelle, c'en était une. C'était même la meilleure depuis la libération de Paris par le général Leclerc, qu'il vénérait autant que M. Bergman. Il avait souri, d'abord timidement, à peine un froissement de lèvres, puis franchement. Il n'aurait pas dû. Sa bouche c'était Verdun : chicots jaunis, gencives défoncées, dents portées disparues. Lucien, qui s'était fait une idée assez précise de M. Bergman à travers les louanges que lui tressait chaque jour Gaston, se tenait à l'écart de tout ce questionnement : Elvire, son père, moi ou un autre ne changerait rien pour lui. Il faudrait toujours se lever à l'aurore, gratter les peaux de vaches, respirer cette odeur de merde qui vous colle au corps toute la sainte journée.

Tous s'apprêtaient à reprendre le travail lorsque Gaston nous avait apostrophés :

— Qui va commander pendant que vous serez absents ?

Elvire l'avait désigné comme par réflexe. Il était resté interdit puis, essuyant ses mains rongées d'eczéma contre son tablier de cuir, il avait balbutié, troublé par cette promotion aussi soudaine qu'inespérée, que c'était un honneur de remplacer M. Bergman. Il avait promis qu'il saurait se montrer à la hauteur de la confiance que lui témoignait Elvire. Enfin, il s'était retourné vers ses collègues et, se rengorgeant, il avait déclaré en forçant la voix que tant que durerait son intérim, il ne tolérerait ni zigzag, ni débordement, ni retard. Qu'on se le dise ! Chacun était retourné à ses occupations, sauf Mohamed. Il était devant moi avec son couteau à découper les peaux, qu'il passait nerveusement d'une main à l'autre. Il en avait gros sur le cœur, toujours à cause de son logeur. Mon intervention n'avait rien arrangé à sa situation, pire, elle l'avait aggravée. Édouard exigeait qu'il quitte sa chambre dans la huitaine. Passé ce délai, il mettrait ses affaires sur le trottoir. Il s'était renseigné à l'hôtel de Naples, un attrape-cafard à la porte d'Italie où s'entassaient des Noirs, des Jaunes, des Gris, comme on appelle les Nord-Africains dans certains quartiers de Paris, il affichait complet. On l'avait mis sur liste d'attente au cas où un lit se libérerait, mais rien n'était moins sûr avant l'été, saison où certains travailleurs immigrés rentraient chez eux pour ne plus jamais revenir dans ce pays où les travaux de force dans le vent, la pluie, le froid usent l'homme avant l'âge. Dans l'urgence, ne restait plus que la possibilité d'un gourbi dans un bidonville, sur le terrain vague en lisière du cimetière de Gentilly, où il devrait partager son quotidien avec des coreligionnaires clochardisés, des romanichels en transit, des voyous déclassés et des éclopés de guerre sans ressources. Je lui ai donné les clés de la tannerie pour qu'il s'aménage un coin près du séchoir, le temps qu'il retrouve un toit.

Le vent de mer salé se lève. La sirène d'un bateau pleure dans la nuit. Le phare balaie de son rayon d'argent la mer aux reflets d'or. Les marins et les chats errants ne sont plus que des ombres. La cloche d'une église sonne onze heures. Beyrouth est une ville fantôme désormais. Je referme la fenêtre. Elvire, le regard vide, minée par la fatigue, me demande d'approcher tout près d'elle et me remercie d'être là, pour elle, rien que pour elle. Elle presse la lettre de Samuel contre sa poitrine, ses paupières se font lourdes, ses yeux se voilent ; elle s'endort. La lettre tombe de sa main, je la ramasse, la pose sur la coiffeuse et me regarde dans son miroir. J'ai un teint de jaunisse, les cheveux en chamaille, les traits tirés, et je n'ai toujours pas sommeil. Je fais un peigne de mes doigts pour rabattre les épis rebelles, enfile ma veste sur celle de mon pyjama et je descends au bar de l'hôtel.

Le serveur, jeune homme encore imberbe, bâille d'ennui en suivant du regard le balancier de la grosse horloge du hall. Je m'accoude au bout du comptoir, il rajuste son tarbouch noir, redresse son nœud papillon, tire sur les pans de son tablier blanc et se compose un visage avenant. Je commande une tisane. Il n'en a pas. Si c'est pour dormir, il me préconise du whisky, de la vodka ou de l'arak, une eau-de-vie locale capable d'anesthésier un éléphant. Toutefois, si ma religion m'interdit l'alcool, il peut me proposer quelque chose de plus radical. Il me désigne d'un geste ample de la main la vitrine derrière lui où sont exposés des narguilés qu'on pourrait prendre pour des objets de décoration tant leurs réservoirs en verre teinté et leurs foyers en céramique sont finement ouvragés. En échange d'un petit pourboire, il promet de m'en bourrer un de tabac au miel de la Vallée des Rois en Égypte et d'herbes des monts du Liban qui auront vite raison de mon insomnie. Je lâche un billet sur son comptoir. Il m'invite à gagner la terrasse, le temps de me préparer sa savante mixture.

Je suis seul, assis sur un banc de marbre blanc, face à la mer. Le vent du large me caresse le visage. Je relève le col de ma veste, j'allonge mes jambes, je ferme les yeux ; un doux engourdissement m'envahit lentement. Je veux faire le vide dans ma tête. Ne plus penser. À rien. Le serveur dépose à mes pieds le narguilé dont les braises incandescentes exhalent l'odeur de haschich. Il me tend le tuyau. J'aspire en pinçant entre mes lèvres l'embout de nacre. C'est chaud, c'est âcre, ça pique la gorge.

Le serveur, les poings sur les hanches, me regarde avec inquiétude. À l'évidence, je l'intrigue. J'aspire de nouveau : c'est plus chaud, plus âcre, plus fort. Avec ma permission, il aimerait me poser une question. Je permets. Il veut savoir d'où je viens car il trouve que je n'ai pas l'allure d'un homme d'affaires, ni celle de ces diplomates habitués du Saint-Georges. Je n'ai pas non plus l'air emprunté des Français venant vacancer les mois d'été, car aucun n'aurait eu l'idée saugrenue de descendre de sa chambre en pyjama, décoiffé, les pieds nus, pour commander une tisane. En se fiant à son intuition, il me verrait bien Juif arabe, Arménien exilé, Turc parvenu, Arabe des sables ou quelqu'un du Couchant, peut-être. Je confirme que je suis du Maghreb, de Kabylie, en Algérie. Il fait « Yé » pour marquer son étonnement parce que je suis le premier du genre qu'il voit à l'hôtel depuis son embauche, voilà déjà un an.

D'un mouvement de tête, je lui fais signe de s'asseoir près de moi. Il fait non avec l'index, mais après avoir coulé un regard vers le bar pour s'assurer qu'il n'y a personne, il s'y autorise. J'aspire la fumée au plus profond de mes poumons, la retiens longuement, et au bord de l'éclatement, je la recrache par le nez, par la bouche. La tête me tourne. Je lui parle en mauvais arabe de mon village, de l'eau de son oued qui irrigue chacune de mes veines, de Zina, mon premier amour, qu'il m'arrive de retrouver dans les nuits sans sommeil. J'aspire encore. Mon esprit ne m'appartient plus. Je lui parle en kabyle de la guerre qui a tué mes rêves de jeunesse, d'Elvire que j'aime comme une sœur, une amante, une maîtresse, et je murmure tout bas, telle une confession, que l'addition de nos deux solitudes nous a rendus inséparables. J'ai des suées, la nausée, j'ai froid dehors, froid dedans. Le serveur m'aide à me mettre debout.

— Il est temps d'aller vous coucher, Sidi.

10

Aux premières lueurs du jour, Beyrouth avait retrouvé son tohu-bohu, ses couleurs d'ocre et d'argent, et ses vendeurs ambulants semant la pagaille sur le boulevard de mer pour vous vendre leurs falafels ou leurs thés à la menthe. Sur les quais, on se pressait autour des caissettes de poisson tout juste débarquées de petites embarcations tandis que d'autres s'éloignaient du port, à la suite l'une de l'autre, comme une longue procession, pour d'autres pêches miraculeuses. Certaines voguaient si vite qu'elles tutoyaient déjà les cargos mouillant au large. Et nous, nous suivions le vieux chasseur de l'hôtel poussant son diable chargé de nos bagages jusqu'à la gare routière pour prendre l'autocar de sept heures.

Nous sommes partis avec deux heures de retard par la faute d'un mécanicien malhabile qui avait mis plus de temps que nécessaire pour remplacer une durite défaillante. Durant toute cette attende, Elvire a fumé je ne sais combien de Craven A, en se trouvant laide dans ses habits devant le miroir scellé sur la porte de la salle des pas perdus. Elle s'était pourtant changée nombre de fois depuis son réveil, après que le muezzin d'une mosquée voisine du Saint-Georges nous avait réveillés à l'heure de la première prière. Chaque fois, elle m'avait interpellé pour avoir mon avis.

La robe rouge à pois blancs avec le chapeau de paille à large bord ? La jupe verte assortie à la veste lilas ajustée au corps ? Le tailleur anthracite à boutons dorés ? N'était-il pas trop sérieux pour les retrouvailles avec son père ?

Moi, je la préférais dans ses petites robes noires droites, simples, un rien austères, mettant discrètement en valeur les rondeurs de ses formes, le blanc de sa peau et le gris de ses grands yeux mélancoliques. Le noir, il ne fallait plus y compter. Le deuil était derrière elle. Je n'avais pas insisté. Finalement, Elvire s'était décidée pour un pantalon bleu marine à pinces, avec un chemisier blanc, une veste en lin dans les tons beiges avec des poches plaquées sur le devant. Aux pieds, des chaussures de sport en toile blanche qu'elle disait s'appeler des tennis. Il était clair que l'agitation qu'elle manifestait en se regardant de face, de profil, de trois quarts n'était qu'un faux-fuyant pour masquer son anxiété grandissante.

Avant de démarrer, le chauffeur nous a prévenus que le trajet de près de quatre cents kilomètres serait éprouvant. Il a mis en garde les parents afin qu'ils veillent à ce que leurs enfants ne jouent pas dans la travée ni ne grimpent ou ne sautent sur les sièges. Concernant les personnes souffrant d'incontinence – sauf le respect qu'il devait à leur grand âge –, il leur souhaitait bon courage parce qu'on ne ferait pas de pause avant Nazareth. Il avait conclu que nous arriverions quand bon semblerait à Allah. Amine.

Un soleil aveuglant dans un ciel propre darde ses rayons au-dessus des remparts d'une petite cité. Autour, il n'y a qu'un désert de caillasse et de roches rouges. Le nom de la ville est écrit en arabe sur un panneau de bois. Je ne lis pas l'arabe. Dommage. Voilà plus de deux heures que nous roulons sur une route accidentée où nous sommes secoués à chaque bosse, à chaque crevasse. De plus, on manque d'air dans cet autocar. Quelques voyageurs essaient d'entrouvrir les fenêtres pendant que d'autres chassent les mouches à coups d'éventail, avec ou sans succès. Le ronronnement du moteur et la chaleur moite ont anesthésié les plus jeunes enfants. Ils sont blottis, la tête à la renverse ou le pouce dans la bouche, dans les bras de leur maman. Les pères tentent de calmer les aînés en les menaçant de les abandonner à Nazareth s'ils continuent à brailler ou à se chamailler. Ça ne les impressionne guère. Ils chahutent de plus belle dans la travée. Elvire a le nez collé à la vitre ; elle n'a pas dit un mot depuis Beyrouth. Elle contemple le paysage qui file à presque cinquante à l'heure. Des dunes. Des villages. Une oasis. Une forêt de palmiers dattiers. Des chameaux livrés au vent et au soleil. Un vieil homme seul, visage buriné, démarche chaloupée, turban de guingois, gourde en peau de bique à l'épaule.

Mais où va-t-il ?

Tout n'est qu'horizon dans ce pays de sable.

Elvire est lassée de cette infinie monotonie, elle pose sa tête sur mon bras, me fait un clin d'œil. Derrière nous, un jeune homme beau comme l'Apollon du Jardin des Plantes chante en s'accompagnant de son oud. Elvire me demande si je comprends les paroles. Je tends l'oreille et traduis :

Mon amour chantait les jours heureux
et un coin de ciel bleu pour nous deux
Quand j'étais dans ses bras elle me disait tout bas
Que j'étais sa merveille
Que j'étais son soleil
Alors mon cœur battait si fort
Que j'en oubliais la mort.

Elvire tressaille quand tombent les dernières notes de musique.

— Comment dit-on « merci beaucoup monsieur » en arabe ?

Je lui murmure dans le cou ce que je sais des formules de politesse de ces contrées-là. Elle se tourne vers le jeune homme et répète : « *Choukran jazilan ya sidi.* »

Il sourit avec les dents, avec les yeux, avec le cœur, puis il répond : « Vous n'avez pas l'accent correct, ma chère madame, mais j'accepte avec un vaste plaisir votre remerciement car il est encore plus agréable à entendre. »

Elvire, rose de confusion, réplique qu'il a lui aussi un drôle d'accent, et que c'est ce qui fait tout son charme. Ils rient tous deux et elle se présente, en précisant tout de suite qu'elle est française de Paris. Ça, il l'avait deviné à son accent, parce que, ajoute-t-il, on est toujours trahi par son accent. Elvire me désigne comme son mari. Je précise que je ne suis pas de Paris mais d'Algérie. Il me donne une franche poignée de main et trouve que j'ai bien de la chance d'avoir épousé une aussi jolie femme. Lui s'appelle Ibrahim Abou Aron. Il est palestinien de Jérusalem. Son nom d'artiste, c'est Joker. C'est le patron du Grand Casino de Beyrouth qui l'a surnommé ainsi, parce qu'il remplace le chanteur vedette de l'orchestre quand ce dernier est en tournée en Europe ou dans les pays du Couchant. S'il parle le français « comme-ci comme ça », c'est parce qu'il a beaucoup d'amis francophones. Il caresse les cordes de son instrument comme s'il cherchait l'inspiration et s'arrête.

— Une chanson française, cela vous enchanterait ?

Elvire sourit.

Joker s'excuse par avance pour son mauvais accent. Il plaque quelques accords et se lance : *« Je chante du soir au matin/Je chante sur mon chemin/Je chante/Je vais de ferme en château/Je chante pour du pain/je chante pour de l'eau... »*

Ses doigts courent sur le manche de son oud pour ne plus faire qu'un tout indissociable ; il poursuit en arabe et enchaîne sur des chansons de bluesmen américains qui font chavirer de bonheur Elvire et tuent agréablement le temps.

Nazareth enfin.

Une heure d'arrêt. Avec Joker, nous nous sommes assis sur un banc à bonne distance de la marmaille et des autocars, dont on ne sait pourquoi les moteurs tournent en continu, crachant des jets de fumée noire qui salissent l'atmosphère. Joker enchaîne les solos en nous dévisageant comme si nous étions des étrangetés. Il s'arrête subitement. Elvire l'implore de continuer à jouer, surtout des morceaux de blues. Il approuve d'un hochement, mais avant de poursuivre, il aimerait comprendre. Comprendre n'est pas le mot juste. Il se reprend : savoir. Oui, il voudrait savoir si on ne lui a pas raconté un bobard. Elvire et moi, nous nous regardons interloqués.

— Bobard ? Quel bobard ? je demande.

— Pardon si je vous ai vexés mes amis. Bobard n'est pas le bon mot non plus. Disons que je suis surpris.

Ce qui surprend Joker, c'est que nous soyons mariés. C'est bien la première fois qu'il voit un musulman et une juive mélanger leurs sangs. En Palestine comme au Liban, les juifs, les chrétiens, les musulmans mangent ensemble, boivent ensemble, travaillent ensemble, pour le reste c'est chacun dans son coin.

C'est ainsi depuis que le monde est monde. Il dégrafe un bouton de sa chemise afin que je remarque sa chaîne en or au bout de laquelle se balance le prophète Jésus, les bras en croix, la tête un peu penchée sur le côté. À ma grande honte, il m'a fallu attendre d'avoir passé trente ans pour apprendre que tous les Arabes ne sont pas musulmans.

— Tu es chrétien depuis quand ?

— Depuis que des mécréants ont sacrifié Jésus, le fils de Dieu, enfant de Meriem. Vous aussi, vous avez des chrétiens d'origine chez vous ?

— Hormis nos colons, je n'en connais aucun.

— Saint Augustin. Il était évêque d'Hippone. C'est bien en Algérie, Hippone. Nous le considérons comme le plus important docteur de la foi de notre religion.

Une nouvelle fois, à ma grande honte, j'ignorais tout de l'existence de cet homme d'Église. Quant à Hippone, je n'en avais jusqu'à ce jour jamais entendu parler.

— Votre saint Augustin, il est mort quand ?

— Quatre siècles après la mort de Jésus, à quelques années près.

— Évidemment. C'est très loin tout ça.

Elvire met la main devant sa bouche pour réprimer un rire qui menace de jaillir à chaque seconde. Puis, se reprenant, elle avoue que nous ne sommes pas mariés, mais que c'est tout comme. Nous mangeons ensemble, nous buvons ensemble, nous travaillons ensemble, pour le reste, Dieu merci, nous le faisons aussi ensemble. Joker, gêné, baisse le regard. Il est temps de reprendre la route. Nous regagnons nos places dans le chahut et la bonne humeur. Le chauffeur nous sert le même boniment qu'au départ de Beyrouth au sujet des enfants turbulents et des incontinents, avant de convoquer de nouveau Allah pour qu'il nous accorde sa protection jusqu'à Jérusalem. Amine.

Le soir voile de son manteau bleuté les vagues de dunes, l'ombre des dromadaires et les flammes rouges et jaunes de feux de bivouacs montant au firmament où s'allument de pâles étoiles. Et les kilomètres filent, filent, et la nuit est tombée désormais.

J'ai faim. J'ouvre ma valise, coupe en trois parts le casse-croûte au fromage de chèvre que j'ai acheté au buffet de l'hôtel Saint-Georges. J'en donne un morceau à Elvire, en offre un autre à Joker. En échange, il nous tend une gourde sortie de son baluchon.

— Lemon Lebanon.

C'est frais, à peine acide, bien trop sucré. Elvire n'aime pas, comme elle n'aime pas le goût et l'odeur du fromage de chèvre fondu sur les tranches de pain. Après avoir avalé son casse-croûte, Joker passe la tête entre nos deux sièges pour nous demander si nous avons réservé un hôtel.

Silence.

Il insiste :

— Jérusalem, ce n'est pas Paris. La nuit tout est mort. Pas de taxis. Pas de bus. Si vous n'avez rien prévu, je...

— Nous allons dans le quartier Hurva où habite mon père, le coupe Elvire.

— Très bien. Il va vous accueillir à la gare.

— Non. Je voudrais lui faire la surprise.

— Hurva, c'est fort loin de la gare routière à pied.

Silence.

— Je peux vous offrir l'hospitalité pour la nuit. Notre maison est petite mais notre cœur est grand.

Silence.

Il gratte les cordes de son oud en fredonnant en arabe puis en français :

Aux frontières du brouillard
Entre spleen et minuit
Sous ce ciel noir de suie
Les yeux fermés
Le cœur serré
J'entends la voix de mon père
Et les rires de ma mère.

11

La mère de Joker m'a fait penser à la mienne, non par les traits de son visage, ils sont en tout point contraires. Elle, elle a les joues pleines et roses des bonnes vivantes et ses yeux sont bleu clair, presque transparents, tandis que ceux de ma mère étaient bruns ou ocre selon l'inclinaison de la lumière. En toutes saisons, aussi, elle avait ce teint de fatigue qui lui donnait l'impression d'avoir vécu d'autres vies que la sienne. Ce qui les rassemble, c'est cette façon de mettre à l'aise l'étranger de passage comme s'il était un fidèle de la famille. Il y a aussi ce besoin de vous resservir à manger et à boire même lorsque vous êtes repus. Joker n'avait pas faim, il est sorti prendre des nouvelles de ses amis qu'il n'avait pas revus depuis tout ce temps qu'il faisait l'artiste au Grand Casino de Beyrouth. Lorsqu'il est revenu, il s'est inquiété de savoir où étaient son père et son jeune frère Boutros ; la situation s'était encore dégradée à Jérusalem. Le visage de sa mère est soudain devenu grave. Le père avait filé au commissariat central pour récupérer Boutros, arrêté pour avoir jeté des pierres sur la police britannique, lors d'une manifestation sur l'esplanade des Mosquées contre l'arrivée de nouveaux Juifs. Alors que Joker s'apprêtait à le rejoindre, le père est rentré, seul, le regard vide, l'air accablé. Il nous a regardés sans nous prêter attention ; ses pensées étaient ailleurs.

— Pourquoi mon frère n'est pas avec toi ? l'a apostrophé Joker avant même qu'il ait eu le temps d'ôter son tarbouch.

Apparemment, le tribunal de police avait condamné Boutros à un mois d'emprisonnement en Transjordanie. Avec d'autres parents de manifestants, le père avait questionné le juge pour connaître le lieu de leur détention. Il les avait menacés de rejoindre leurs rejetons s'ils persistaient à lui manquer de respect. Comme ils insistaient, le juge avait sonné les gardes qui les avaient chassés hors du tribunal.

La mère qui se tenait en retrait a laissé éclater sa colère.

— Bien fait pour lui ! Je l'avais prévenu de ne pas aller sur l'esplanade, mais Boutros est plus têtu qu'un Ottoman !

Elle a enlevé son tablier, dénoué son foulard, les a jetés sur le sofa où nous étions assis puis elle est partie se coucher, sans nous saluer, dans la petite chambre qu'un simple rideau séparait de la salle à manger. S'est ensuivi un long silence gêné. Joker a fini par nous présenter comme d'aimables compagnons de voyage, venus de France pour rendre visite à de la famille dans le quartier d'Hurva. Le père ressemblait à son fils. Mêmes cheveux noirs bouclés, mêmes petits yeux malins, même bouche charnue, même douceur dans la voix. Il nous a souhaité la bienvenue dans sa modeste demeure et a répété en écarquillant grand les yeux : « Ah la France. *Bilad el kheir.* Le pays du bien. » Et, restant debout au milieu de la pièce, il a énuméré toute une collection de personnages historiques français : Charlemagne, François Ier, Jeanne d'Arc, tous les Louis, jusqu'au seizième du nom, Marie-Antoinette, celle à qui l'on a coupé la tête, Napoléon, qu'il a prononcé *Napoléoné*, de Gaulle, qu'il surnommait le rebelle en cavale à Londres. Joker a souri. Elvire a souri. J'ai souri. Le père a souri, fier d'avoir pu faire montre de ses connaissances, puis, la fatigue le gagnant, il a bâillé et frotté ses yeux. Avant de rejoindre son épouse derrière le rideau, il nous a montré une petite pièce aux murs aveugles avec un matelas à même le sol : c'était la chambre de Boutros. Joker a étalé une couverture de laine sur le sofa, s'est assis en tailleur le dos calé contre le mur, a gratté quelques notes de musique sur son oud en murmurant une berceuse palestinienne. Elle racontait l'histoire d'une cane et de sa couvée, chassées de mare en mare. La cane avait fini par trouver asile dans les eaux tumultueuses de la Méditerranée, et de vague en vague, elle avait disparu avec ses petits par-delà le bleu de l'horizon.

Au réveil Joker n'était pas là. Il avait filé chez un voisin pour emprunter une auto, nous apprit sa mère en nous servant du café et des beignets tout juste sortis de la marmite d'huile bouillante. Elvire a bu sa tasse en vitesse puis elle a ramené nos valises sur le pas de la porte. Maintenant, la cigarette au coin des lèvres, elle guette le retour de Joker pendant que la mère m'entretient du désordre à Jérusalem. Tout ça, c'est depuis que des nouveaux Juifs arrivent chaque semaine, par centaines parfois. Elle me les décrit avec des visages d'Occidentaux, ne sachant pas un mot d'arabe et marmonnant à peine l'hébreu. Beaucoup sont français, mais certains viennent d'autres pays d'Europe. Elle doute qu'ils soient de purs Juifs. Les vrais, les sincères, elle les connaît parce qu'ils ont toujours vécu ensemble. Ils lui ressemblent : ils ont sa tête, celle de ses enfants, celle de son mari. Elle n'en a pas fini. Boutros lui a rapporté la veille de la fameuse manifestation que des communautés juives installées partout dans le monde leur verseraient de grosses subventions. Le but : acheter des terrains aux Palestiniens les plus démunis afin qu'ils bâtissent des maisons dans toute la cité. Elle passe sans transition de la colère à l'accablement, puis elle lève les yeux au ciel et implore le Seigneur pour qu'il renvoie tous ces gens d'où ils sont venus. Qu'enfin elle puisse retrouver la paix et la quiétude d'antan ! Mais à ce jour, Dieu ne l'a pas entendue. Ici, comme en Algérie, comme dans d'autres pays que je ne connais qu'en lisant les journaux, l'homme forge son destin à coups de conquêtes, de barouds, de fracas, de chaos. Heureusement qu'il lui reste l'espérance de la renaissance. Mais de la mort à la liberté retrouvée, combien de chagrins, combien d'orphelins, combien de malheurs, combien de sang gâché ?

— Le voilà ! crie Elvire.

La mère m'embrasse et me met en garde contre la police britannique, les musulmans, les juifs, les chrétiens et même les mécréants de cette terre trois fois sainte. Tout bas, elle me glisse : « Méfie-toi, Adam. Ici, avant de dire ce que tu penses, achète-toi un cheval pour t'enfuir. »

Elvire est montée à l'avant de l'auto, une vieille guimbarde à bout de souffle dont le pare-brise a vécu à une époque ancienne. Je m'installe à l'arrière entre les valises et la portière dont l'accoudoir défaille, à peine l'ai-je effleuré. Elvire se tourne vers moi, me tend sa main, glisse ses doigts entre mes doigts.

— C'est loin, Hurva ? demande-t-elle.

— À l'opposé. Je dois contourner la ville pour éviter les check-points de la police, répond Joker en enclenchant la première vitesse.

Autant Beyrouth a des accents des villes d'Algérie avec ses maisons chaulées, ses odeurs d'épices, ses bazars foutraques et son petit peuple qui s'agite dès le lever du jour, autant Jérusalem est un autre monde. Joker commente avec passion les quartiers de la ville, mais je ne l'écoute pas. Je n'ai jamais été sensible au charme des paysages, aux légendes des vieilles pierres, à l'histoire des monuments et des édifices religieux. Partout où je vais, ce qu'il me plaît de regarder, d'entendre, ce sont les femmes, les hommes qui donnent une âme aux lieux où ils vivent. Ici, les gens sont si différents les uns des autres qu'on se croirait au cinéma. Là, c'est une procession de chrétiens avec à sa tête un prêtre engoncé dans sa soutane noire trop longue pour lui, qui va d'un pas lent, l'étendard des croisés brandi bien haut. Là, ce sont des soldats anglais en culotte courte, chemisette, chaussettes en laine écrue. Ils patrouillent à pied, visages de cire, l'œil aux aguets, la mitraillette en bandoulière. Plus loin, d'autres chrétiens, orthodoxes ceux-là, qui vont par paires. Ils portent des chasubles blanches frappées d'une énorme croix dans le dos et leurs épaules sont recouvertes d'étoles violettes cousues de fil d'or. Les cloches des églises sonnent à toute volée comme pour répondre aux appels à la prière des muezzins. Là, ce sont des Bédouins en djellaba, vêtus comme les gens de chez moi. La seule différence : nous, nous portons le chèche blanc pour nous protéger du soleil, eux s'en préservent avec une grande écharpe en coton au motif à damier noir et gris.

Elvire n'écoute plus les commentaires de Joker, il faut dire qu'il est si amoureux de sa ville qu'il parle à flux tendu, comme s'il avait avalé un poste de radio.

— C'est encore loin, Hurva ? s'impatiente-t-elle en allumant une autre cigarette.

— Ça ne t'intéresse pas ce que je te dis de l'histoire de Jérusalem ? Et toi Adam, tu as l'air ailleurs ? Tiens, regarde là-haut la mosquée Omar. Une merveille. Tu ne trouves pas ?

Et aussitôt, il m'instruit de son histoire. Elle est construite sur le mont Golgotha, là où a été crucifié Jésus. Son minaret trône à côté de l'église du Saint-Sépulcre, mère de toutes les églises. Et ce sont encore d'autres souks, d'autres curiosités, d'autres musulmans, d'autres juifs, d'autres processions, d'autres ruelles en escalier où l'on se coudoie pour se frayer un passage. Un barrage de police bloque une rue. Joker coupe le moteur. C'est l'entrée du quartier juif. Il ne peut pas aller plus loin.

— Hurva, c'est par là.

Il fait un geste vague de la main en direction du soleil de onze heures. Nous le remercions pour son hospitalité, sa gentillesse et ses belles chansons qui nous ont bercés tout au long de la route. Il nous invite à venir le voir chanter au Grand Casino à notre retour.

— *Inch Allah*, je réponds.

Nous déchargeons nos valises. J'en prends une à la main, l'autre sur l'épaule. Elvire saisit la sienne et nous franchissons le barrage sans que l'on nous demande rien. On démolit de vieux bâtiments. On retape des vieilles maisons. On en bâtit d'autres. On s'interpelle en français, en allemand, en anglais. On chante en langue hébraïque. Elvire regarde à droite, à gauche, au plus loin, voir si son père y est. Rien. Nous continuons d'avancer dans ce vaste chantier. Nous tournons en rond, c'est sûr. Les valises me pèsent. Je fais une pause et demande à ce Juif s'il connaît Samuel Zerbib. J'ai de la chance, c'est un Français.

— Il ressemble à quoi votre Samuel Zerbib, parce que des Samuel, il y en a un tous les dix mètres, et des Zerbib, un tous les cinquante mètres.

— Il vous ressemble.

Il rit car ils se ressemblent tous avec leurs longues barbes noires, leurs kippas, leurs pantalons noirs, leurs chemises blanches tachées de plâtre et de peinture.

— Bergman, ça vous dit quelque chose ? demande Elvire.

Il rit de nouveau.

— Bergman, c'est comme Cohen. Vous en appelez un, il y en a cent qui rappliquent de la synagogue.

Il interpelle un adolescent pour lui expliquer notre requête. Le jeune homme encore imberbe se frotte le menton en réfléchissant. Et ça dure. Et ça dure.

— Samuel Zerbib, ça ne serait pas un Sépharade ? Votre Bergman, ça ne serait pas un vieux monsieur, européen ?

Il désigne du doigt un vieil homme en bleu de travail assis sur un tas de planches devant une maison en construction. Elvire est pétrifiée, elle lâche sa valise, elle veut hurler : aucun son ne sort de sa bouche.

12

Ses yeux exorbités par la maigreur avaient fixé la jeune femme courant vers lui. Non, il n'hallucinait pas, non, il ne rêvait pas, c'était bien Elvire, sa fille. Il avait rajusté sa kippa sur sa tête et avait fait un pas vers elle : plus il ne pouvait pas. L'émotion l'avait stupéfié. Lorsqu'ils avaient été face à face, il y avait eu un long moment de silence, parce qu'aucun n'osait faire l'ultime pas qui les séparait l'un de l'autre. Elvire avait essuyé d'un revers de main les premières larmes qui coulaient sur ses joues et, n'y tenant plus, elle avait ouvert grand l'espace de ses bras. Ils s'étaient étreints des minutes, de longues minutes, l'éternité. Ils avaient pleuré. Beaucoup pleuré. Entre deux sanglots qu'Elvire ne savait réprimer, elle avait dit tout bas en caressant le vieux visage de son père : « Serre-moi fort contre toi. Comme avant. »

M. Bergman lui avait répondu : « Ma fille. Toi. Ici. Mon Dieu, laisse-moi t'embrasser encore. »

Il y eut d'autres effusions et d'autres baisers car aucun ne savait comment renouer les fils de leur histoire laissée en friche un dimanche d'août 1942 à Paris. Elvire s'était accrochée au bras de son père et, se tournant vers moi, elle m'avait présenté. C'était inutile. Il m'avait reconnu et m'avait serré la main sans chaleur.

— Vous êtes monsieur Adam. Vous étiez notre voisin de palier avec Samuel et un de vos coreligionnaires, un rouquin, monsieur Tarik. N'est-ce pas ?

Il m'avait observé de haut en bas de ses yeux froids. Enfin, il avait ajouté d'une voix toute aussi froide :

— Pourquoi êtes-vous ici, avec ma fille ? Je ne comprends pas. Expliquez-moi.

Il me donnait du monsieur pour me tenir à distance. Ça m'avait mis mal à l'aise, pourtant j'avais souri en le saluant. Je souris toujours lorsqu'on me prend au dépourvu. Elvire lui avait dit sur un ton de reproche :

— Adam travaille avec moi à la tannerie. Il s'occupe des ouvriers. À toi de t'expliquer, maintenant. Après, je te parlerai d'Adam, de moi, de nous deux.

Il nous avait dévisagés tour à tour :

— Vous deux ? Comment cela vous deux ?

C'était lui qui désormais paraissait mal à l'aise. Il s'était pincé les lèvres, avait enlevé sa kippa et froncé les sourcils jusqu'à ce que les rides sur son front déforment son visage. Il ressemblait, à cet instant, à un vieux singe malade. Je voulais partir pour le laisser seul avec sa fille mais je m'étais ravisé devant la porte parce qu'Elvire me l'avait demandé d'un simple battement de paupières.

Nous l'avions suivi dans sa vaste maison encombrée de madriers, de pots de peinture, d'outils de chantier. Dans la salle principale, il manquait les fenêtres, les portes et le carrelage au sol. Des gaines de fils électriques sortaient du plafond ainsi que des saignées creusées dans les murs dont les plâtres n'avaient pas encore séché. Au bout d'un couloir distribuant plusieurs pièces, c'était sa chambre. Un casier à bouteilles servait de table de chevet, sur lequel il y avait un verre d'eau à moitié plein, deux chaises en rotin fatiguées, un candélabre en bronze comme il en existait à la mosquée des Juifs d'El Kseur et une petite penderie en bois blanc calée dans un coin. Face à son lit, accrochée au mur, dans un cadre en fer forgé : une photo en couleurs découpée dans une revue. Elle avait été prise lors du débarquement de passagers d'un bateau dans un port de Palestine, avais-je supposé, car outre le drapeau britannique flottant au-dessus de la capitainerie, il y avait à quai des Juifs à longue barbe, redingote et chapeau à large bord, comme j'en avais vu tout à l'heure dans les rues de la ville. Ils hissaient à bout de bras des pancartes sur lesquelles étaient peints grossièrement des slogans en anglais et en hébreux. Au premier plan de la foule dépenaillée descendue à quai, on distinguait Samuel et M. Bergman. Samuel avait le visage si émacié qu'on devinait ses mâchoires sous la peau. Ses yeux hagards levés au ciel semblaient regarder Dieu. J'avais pensé demander à M. Bergman ce qui était écrit sur les pancartes mais je m'étais retenu car il continuait de me regarder du coin de l'œil comme si ma présence l'importunait.

Elvire et moi, nous nous étions assis, côte à côte, sur les chaises bringuebalantes. Lui allait de long en large, dos voûté, fuyant le regard de sa fille qui ne le lâchait pas. Puis il s'était adossé contre la penderie en secouant la tête d'agacement.

— C'est Samuel qui t'a prévenue. Ça ne peut être que lui. Je lui avais pourtant fait promettre de garder le secret jusqu'à ce que notre maison soit terminée. C'est un homme brave, courageux, fidèle. Il n'a qu'un seul défaut, il ne sait pas tenir sa langue. C'est bien lui, n'est-ce pas ?

Elvire avait allumé une cigarette et, après avoir soufflé sur la flamme de son briquet, elle avait aspiré une longue bouffée et lui avait demandé tout de go pourquoi il n'avait pas donné signe de vie et pourquoi cette fuite, ici, en Palestine. M. Bergman avait ouvert la fenêtre pour chasser les volutes de fumée qui plongeaient progressivement la chambre dans un nuage grisâtre. De la rue nous parvenaient, entre les coups de marteau et les ronflements des moteurs des camions, les voix d'ouvriers chantant à tue-tête : « Il y a longtemps que je t'aime, jamais je ne t'oublierai. »

— Ici, les femmes ne fument pas. Ça pue, c'est mauvais pour le cœur, ça jaunit les dents, mais surtout c'est indécent et ça rend stérile.

Elvire avait inhalé une dernière bouffée de cigarette et elle s'était levée pour éteindre son mégot dans le verre d'eau avant de reprendre sa place à mon côté. M. Bergman s'était décidé à s'asseoir sur le bord de son lit. Ne supportant plus le regard noir de sa fille braqué sur lui, il s'était résigné à parler. Il parlait d'une voix sans timbre, presque susurrée. Les souvenirs s'entremêlaient, s'entrechoquaient, se contredisaient parfois. Il mélangeait le présent, le passé, le singulier, le pluriel, les ans, les saisons, les hivers, les peurs. Les peurs, d'abord celle d'être envoyé dans les fours dont il apercevait de son baraquement les cheminées, crachant de jour comme de nuit des colonnes de fumée jaune qui encrassaient le ciel de leurs malheurs. Autre peur : celle de mourir de faim. La faim qui vous tenaille les entrailles, la faim qui fait fondre les corps jusqu'à l'état de squelettes, la faim qui rend fou. Dans ce pays où le soleil ne se levait jamais, c'était toujours le même horizon. Fils barbelés. Miradors. Du vert. Du gris. La crasse. Le typhus. La dysenterie. Des blessés. Des cadavres. Des tonnes de cadavres. Lorsqu'il fermait les yeux, il sentait l'odeur de chair humaine brûlée que le vent d'ouest ramenait vers leur baraquement. À cet instant, M. Bergman avait marqué un temps. Sa mémoire était incertaine.

Était-ce le soir où à l'aube que le vent mauvais refoulait l'odeur des Juifs réduits en cendres ?

Il ne s'en souvenait plus. Il avait glissé le bout de la langue sur ses lèvres sèches, et les yeux levés au ciel, il cherchait à remettre de l'ordre dans ce tas d'horreur. Je m'étais levé pour lui rapporter à boire de la cuisine. Au retour, Elvire était près de son père, la tête sur son épaule, la main dans sa main. Il avait bu le verre d'eau d'une traite puis il avait poursuivi : « Vous ne pouvez pas savoir ce que c'est que de vivre en pensant que chaque moment est peut-être le dernier. »

Parfois, il enlevait sa kippa pour passer sa main tout en os sur ses rares cheveux blancs, puis c'était un autre silence. Il se réfugiait alors dans les yeux d'Elvire pour y puiser le courage d'affronter d'autres souvenirs, d'autres fantômes, d'autres monstres. La nuit, en plein hiver, les gardiens les sortaient du baraquement à quatre heures du matin. Ils étaient nus avec leurs pauvres mains pour cacher leurs pauvres sexes. On leur tapait dessus à coups de trique sur le dos, les reins, les cuisses. Ceux à qui il restait encore des larmes à pleurer pleuraient. Les autres n'étaient plus que des ombres. S'ils survivaient, c'était toujours ainsi que commençaient leurs conversations, beaucoup ne retourneraient pas en France. Ils n'avaient plus confiance en elle. La peur, encore. La peur que tout recommence. Ils rêvaient de s'exiler en Amérique. Loin de l'Europe, ils seraient à l'abri d'autres convulsions, d'autres persécutions, d'autres humiliations. Oui, l'Amérique serait leur Éden pour peu que l'on veuille bien d'eux, s'ils survivaient. Certains songeaient à la Palestine, cette contrée lointaine chère à leur histoire, à leur culture, à leur foi. S'ils survivaient : pourquoi pas là-bas. M. Bergman et Samuel étaient de ceux-là.

M. Bergman nourrissait une haine viscérale pour la France qui l'avait trahi. Il désirait retrouver la sérénité pour ses vieux jours, puis il s'éteindrait l'âme en paix en terre juive, s'il survivait. Quelques rares prisonniers se fichaient bien de l'Amérique ou de la Palestine, ils auraient tout donné – mais ils n'avaient rien d'autre à offrir que leurs maigres carcasses – pour revoir Paris, une heure, une petite heure, le temps de monter sur la butte Montmartre pour respirer le bon air de la ville, puis ils se laisseraient aller jusqu'au quartier du Marais pour déjeuner chez Maurice, le roi de la carpe farcie. Ils n'en demanderaient pas plus, s'ils survivaient.

Il faisait de plus en plus chaud dans cette chambre. Ma chemise me collait à la peau et des perles de sueur mouillaient mes tempes. M. Bergman avait retroussé les manches de sa chemise, était apparue alors une suite de numéros tatoués à l'encre sur son avant-bras. Elvire avait eu un mouvement de recul. M. Bergman avait aussitôt rabaissé ses manches :

— C111330. Je le connais par cœur. Un souvenir de plus d'Allemagne.

Avril 1945. Un miracle, enfin. Les Russes. Grands. Beaux. Costauds. Il n'avait jamais imaginé qu'il devrait sa liberté aux Soviétiques, lui qui avant la guerre les fustigeaient parce qu'il était pour la liberté d'entreprendre, la liberté de penser, la liberté d'être soi-même. Il n'aurait jamais assez de toute sa vie pour remercier les communistes de les avoir libérés de l'enfer nazi. La suite. Ils s'étaient entassés dans un train de marchandises à découvert, toujours dans leurs loques à rayures de prisonniers, et ce fut l'errance à travers l'Europe. Il pleuvait, neigeait, ventait, mais dans chacun d'eux un nouveau soleil réchauffait leurs corps desséchés. Arrivés à destination – la gare, il ne s'en souvenait plus –, ils avaient marché dans le froid, la boue, traversant des villages déserts jonchés de cadavres d'animaux et d'engins de guerre calcinés.

Combien de jours ?

Il ne s'en souvenait plus. Heureusement que Samuel était là à lui tenir la main pour guider ses pas fragiles. Ils s'étaient nourris d'insectes, de racines, de grenouilles, de hérissons, ils avaient bu l'eau croupie d'une mare trouvée en chemin. À l'orée d'un bois, gisait un chevreuil mort. Tous s'étaient précipités dessus pour prendre leur part. Certains en avaient gardé pour après, au cas où il y aurait un après. D'autres, devenus fous, s'étaient vengés en mangeant le cadavre d'un soldat allemand qui dormait les yeux grands ouverts dans un fossé. Puis ils avaient vu la mer. Ils étaient montés dans un bateau. Ils avaient navigué de port en port comme des pestiférés parce qu'aucun pays ne voulait d'eux. Jusqu'au jour où

– il avait montré la photo au mur – les Anglais les avaient autorisés à débarquer en Palestine parce qu'ils crevaient de faim. La faim qui pour une fois leur avait sauvé la vie.

Dehors les ouvriers ne chantaient plus, ils se disputaient en déchargeant un camion de sable. Elvire avait refermé la fenêtre, avait tiré de sa poche son paquet de Craven A, avait porté une cigarette à la bouche, mais elle avait renoncé à l'allumer. M. Bergman l'avait remerciée et avait insisté pour qu'elle vienne près de lui. Elle avait préféré retourner à sa chaise pour l'avoir face à elle.

— Tu ne m'as pas répondu. Pourquoi tu ne m'as jamais écrit, jamais appelée ? Pourquoi ? Je veux savoir.

Il y avait eu un autre silence, suivi d'un long soupir, enfin il avait accepté de se confier. La voix était forte désormais, comme s'il se libérait d'une charge qui lui pesait depuis toutes ces années. Il lui avait expliqué ce qu'il avait enduré au pays des ténèbres, il allait maintenant lui révéler ce qu'il avait subi de la part de notre police, ainsi elle comprendrait pourquoi Jérusalem. Au sortir de la synagogue de la rue des Victoires, où il était allé prier avec Samuel, on les avait embarqués au commissariat du 9e arrondissement dirigé par la Gestapo. Nom. Prénom. Âge. Profession. Race. Les Allemands ne se rabaissaient pas à la sale besogne, ils l'avaient déléguée à nos policiers. Lorsqu'il avait demandé à son interrogateur ce qu'on lui reprochait, il lui avait répondu : « Dans la nouvelle France, être youpin, c'est un délit. »

Puis il y a eu une gare, la première d'une longue série. Des wagons plombés. Entassés. Étouffés. Écrasés. Au bout du quai : c'était le brouillard, l'enfermement et les chiens de garde qui aboient toutes les nuits. Elvire voulait l'interrompre, parce que tout cela, elle l'avait imaginé, cauchemardé, ressassé durant ses nuits blanches où elle n'avait pensé qu'à son père, mais il avait posé un doigt sur sa bouche pour lui dire de se taire ; il n'en avait pas terminé. Si Dieu lui avait épargné la barbarie, c'était pour le missionner. Il se devait de donner le meilleur du reste de ses jours pour le bien de son peuple de parias. S'il bâtissait cette maison, dans cette rue, où s'étaient regroupés les Juifs français pour créer une sorte de ghetto, c'était pour elle. C'est dans cette maison qu'il la marierait avec un bon gars ; il en connaissait un qu'il aimait comme un fils. On ferait une grande et belle fête à faire trembler le Mur des lamentations. Puis viendraient ses petits-enfants nés et élevés sur la terre de leurs ancêtres. C'était son désir le plus cher, sa manière de rendre au Très-Haut ce qu'il lui devait : Elvire et sa descendance seraient son œuvre posthume.

Elvire était abasourdie. Elle avait allumé une cigarette, l'avait fumée jusqu'au filtre, avait rouvert la fenêtre et jeté rageusement le mégot par la fenêtre. Son regard était plus dur, plus froid que celui de son père. Elle lui avait reproché d'avoir fait le mort durant toutes ces années et de n'avoir aucun mot de regret ni de pardon pour le mal qu'il lui avait fait. Dire qu'elle s'était sacrifiée pour sa tannerie, qu'elle usait ses plus belles années à compter les peaux de vaches et à respirer leurs odeurs putrides ; elle avait supporté tout cela parce qu'au fond d'elle-même elle gardait l'espoir secret qu'il ressusciterait d'entre les morts. Maintenant il était là, et bien vivant, dans cette maison sans âme, avec un projet de vie tout ficelé pour elle afin de rembourser sa dette au Seigneur. Non ! Elle ne céderait pas.

M. Bergman s'était dressé devant elle, avait plaqué une main ferme sur son épaule et, pour la première fois, il avait soutenu son regard. De la France, elle devrait faire son deuil. La terre de Palestine était la sienne pour toujours, désormais. Il fallait qu'elle l'accepte. Elle n'avait pas le choix. C'était sa volonté.

— Mon pays, c'est la France. Mon pays, c'est Paris. Mon pays, c'est la vie, avait répliqué Elvire en rejetant sa main.

— Regarde cette maison, ta maison, quand elle sera finie, ce sera un palais. Tu y vivras heureuse avec Samuel et vos enfants.

— Samuel ? Nos enfants ? Tu as perdu la tête, papa. C'est Adam que j'aime. C'est grâce à lui que je n'ai pas sombré dans la mélancolie. C'est grâce à son amour que j'ai trouvé la force d'exister. C'est grâce à lui que j'ai tenu la tannerie pour toi. Je lui dois tout.

M. Bergman s'était tapé la main contre le front puis avait dit en appuyant sur chaque syllabe qu'Elvire devait renoncer à aimer un musulman ; c'était illicite et contraire à tous les fondements de la religion juive. Dieu la jugeait et ne saurait lui pardonner de l'avoir provoqué. Nous étions sortis de sa chambre car l'atmosphère était devenue intenable. J'étais sur le pas de la porte, prêt à partir, pour de bon cette fois, lorsque M. Bergman m'avait saisi par le bras pour me retenir. Sur un ton faussement aimable, il m'avait prié de raisonner sa fille. Il voulait que je lui fasse entendre que nous vivions dans le péché car nos religions interdisaient que l'on mélange nos sangs. Si par malheur un enfant venait à naître de notre union, il serait rejeté et par les siens, et par les miens. Les yeux dans les yeux, j'avais répondu que tous les péchés du monde ne sauraient m'empêcher d'aimer Elvire. À ce moment-là, on avait frappé à la porte, M. Bergman, tout chancelant du refus qu'il venait d'essuyer, avait ouvert : c'était Samuel. Il était saisi de stupeur, puis un petit sourire d'incrédulité s'était dessiné sur ses lèvres en apercevant la silhouette d'Elvire dans le couloir. J'étais devant lui mais il ne me voyait pas, pas plus qu'il ne prêtait attention à M. Bergman. Il n'en avait que pour Elvire.

— Dieu sait réunir ceux qui s'aiment, avait-il dit, rouge de confusion.

Il s'était avancé vers elle ; quand ils avaient été face à face, il avait allongé le cou pour l'embrasser sur les joues, mais elle lui avait tendu la main en le remerciant pour tout ce qu'il avait fait pour son père. Ça l'avait refroidi. Il avait reculé d'un pas et s'était tourné vers moi.

— Adam, mon ami, mon frère, quand je vous dis que Dieu sait réunir ceux qui s'aiment. Il n'y a rien de plus vrai. N'est-ce pas, M. Bergman ?

Nous avions échangé une poignée de mains puis, sans retenue, nous nous étions donné l'accolade. M. Bergman était assis sur une chaise dans la grande pièce et la tête à la renverse avait fermé les yeux. Samuel ne comprenait pas qu'au lieu de pousser des youyous et de nous réjouir de ce bonheur inespéré, nous soyons tous plongés dans un silence sans fin. Soudain, son regard s'était porté sur moi, il avait hoché la tête et m'avait apostrophé :

— Qu'est-ce que tu fais à Jérusalem ?

— Ça ne te fait pas plaisir de me revoir, avais-je esquivé.

— Évidemment. Mais ça n'est pas ma question. Tu devrais être à Bousoulem avec Zina, l'amour de tes jours et de tes nuits, comme tu ne cessais de me le répéter quand nous étions au *Frontstalag*.

— Vous êtes marié en Algérie ? avait questionné avec étonnement M. Bergman.

Un frisson m'avait transpercé de part en part. Zina, ma douleur, ma désespérance, mon astre mort, était si loin de moi ; pourtant ses sourires, sa douceur, ses rires et ses pleurs étaient pour toujours gravés dans mon âme jusqu'au dernier repli.

— M. Bergman te demande si tu es marié, avait insisté perfidement Samuel.

J'avais fait non de la tête.

— Finalement, tu ne l'aimais pas autant que ce que tu croyais, cette Zina. Tu en parlais juste pour nous faire bisquer.

Il avait gloussé sottement. La colère montait en moi. J'allais lui rabattre son caquet lorsque M. Bergman avait coupé court à cette conversation en nous invitant à dîner pour fêter les retrouvailles avec sa fille.

13

Cela fait deux jours que je loge au Majestic, dans une chambre exiguë dont les murs n'ont pas vu un coup de peinture depuis les Rois mages. Un hôtel sans étoile du quartier arabe de Jérusalem, fréquenté par des voyageurs de commerce, des touristes désargentés et quelques modestes familles pour qui l'endroit tient lieu de refuge permanent – au rebord de leurs fenêtres donnant sur la cour intérieure on voit sécher des djellabas aux couleurs passées, des bleus de travail rapiécés, des vêtements d'enfants et des langes pour bébés aussi blancs que de la craie. Quand j'ouvre les volets côté rue, je vois ce que les chrétiens nomment l'esplanade des Mosquées mais que nous, musulmans, appelons le Noble Sanctuaire, car c'est ici qu'est érigée al-Aqsa, la mosquée au dôme d'or, d'où notre prophète s'est élevé au ciel en compagnie de l'ange Gabriel après un voyage nocturne de La Mecque à Jérusalem.

Hier soir, j'ai entendu le muezzin appeler les fidèles à leur devoir, je me suis tourné vers al-Aqsa et j'ai prié. Prier pour oublier le dîner. Prier pour oublier les pleurs d'Elvire. Prier pour oublier les éclats de voix de Samuel. Prier pour oublier la colère de M. Bergman que rien n'avait su arrêter sauf son cœur. La dernière fois que je me suis prosterné devant Dieu, c'était pour les funérailles de ma tante Safia. Je l'avais fait pour le repos de son âme qui pourtant n'avait pas souvent été charitable, et par respect pour nos traditions qui sont, autant que ma religion, ma culture.

Ainsi soient-elles.

La religion, je m'en étais éloigné pendant la guerre. Pourquoi ces terres brûlées ? Pourquoi ces veuves et ces orphelins ? Pourquoi tous ces chagrins ? Pourquoi devais-je me sacrifier pour défendre la liberté d'autrui ?

Dès le point du jour, je me posais ces questions auxquelles je ne trouvais jamais de réponses. Au crépuscule, je levais le nez dans les étoiles et j'implorais Allah pour qu'il m'éclaire, mais il est toujours resté sourd à mes appels.

Au camp de travail, j'étais le seul musulman à ne pas fréquenter le gourbi de planches et de tôles ouvert à tous les vents qui servait de salle de prière. Il était dirigé par Tarik qui se vantait, et c'était vrai, d'être capable de réciter sans jamais buter sur aucun mot les cent quatorze sourates et six mille deux cent trente-six versets du Coran. Ses ouailles, pour la plupart des gars cossards le jour, occasionnellement sodomites après le coucher du soleil, prétendaient avoir retrouvé le chemin de la foi en espérant secrètement que le Clément et Miséricordieux pardonnerait les écarts de leurs vies de soudards et qu'ainsi ils échapperaient aux rôtissoires de l'enfer où ils subiraient, selon Tarik, le même châtiment que les méchouis de l'Aïd el-Kébir.

Après avoir prié, je n'avais toujours rien oublié du dîner mais je me sentais apaisé.

Enfin le pensais-je.

J'ai refermé les volets de ma chambre car une pluie drue mouillait le plancher gris de crasse. Puis j'ai éteint la triste ampoule électrique sur laquelle un papillon de nuit se brûlait les ailes et je me suis allongé sur le lit, les bras en croix. Du tréfonds de ma solitude, toutes sortes de pensées sans rapport les unes avec les autres se bousculaient dans ma pauvre tête. Je me suis inquiété du bon fonctionnement de la tannerie comme si j'en étais le patron. J'ai vu mes montagnes et ma maison que j'avais abandonnée aux chats errants du village. Mes réunions du dimanche après-midi à la tannerie avec mes camarades, où l'on discutait sans fin de notre rêve de voir naître, un jour, une Algérie libre, juste et fraternelle, me manquaient à un point… Et Elvire, elle me manquait à un point elle aussi. Une heure sans elle était une heure de vie gâchée.

Elle est passée tout à l'heure, vers midi. Nous nous sommes aimés furtivement comme des amants clandestins. Sa voix suave, ses mains douces sur ma peau et la moiteur de son corps m'avaient manqué à un point... Puis nous sommes restés étroitement enlacés de longues et belles minutes.

— Combien de temps encore à attendre pour que nous puissions reprendre notre vie d'avant ? lui ai-je susurré.

— Dès qu'il ira mieux, je lui reparlerai.

— S'il ne veut pas rentrer en France, qu'est-ce qu'on fait ? Qu'est-ce que tu fais ? Qu'est-ce que je fais ?

Elle m'a embrassé avec feu, s'est rhabillée et elle est partie retrouver son père. Elle lui avait promis de l'emmener au Mur des lamentations où depuis son arrivée il avait pris l'habitude de se recueillir chaque jour.

Les cloches d'une église sonnent deux heures de l'après-midi. Il fait chaud, un grand soleil triste ruisselle sur les collines de Jérusalem. J'étouffe. Je n'aime ni les vieux murs, ni les vieilles maisons, ni les nouvelles constructions de cette ville. Je veux partir d'ici. Je ferme les yeux et je revois, comme un film qui défile au ralenti, chaque séquence du dîner.

Ça a commencé comme ça.

M. Bergman avait insisté pour que je l'accompagne faire les courses : grossière manœuvre pour laisser Samuel en tête à tête avec sa fille. Je n'étais pas dupe de cette comédie, Elvire ne l'était pas davantage.

M. Bergman connaissait chaque commerçant des ruelles pentues et poussiéreuses du souk d'Hurva, et tous le saluaient avec déférence en inclinant la tête ou d'un chaleureux « *shalom alekhé* » auquel il répondait par un non moins fraternel « *alekhé shalom* ». J'avais eu droit aux mêmes amabilités qui me rappelaient les marques de politesse d'usage chez nous. Quand le panier fut plein de légumes, de fruits et de viande, M. Bergman, qui ne m'avait pas encore adressé la parole depuis que nous avions quitté la maison, m'avait invité à prendre un thé à la menthe dans le patio d'une gargote, à portée de fusil d'un barrage gardé par la police anglaise, et il m'avait tenu à peu près cette conversation. Il se fichait de savoir comment j'avais retrouvé sa fille et ne souhaitait pas que je le lui apprenne, mais, et ça m'avait choqué, il avait la certitude que j'avais profité de sa naïveté. Il ne l'avait pas formulé ainsi, mais c'était le sens de son propos.

Ne voulait-elle pas être comédienne avant la guerre ? Elle rêvait d'un destin de tragédienne à la Garbo. N'était-ce pas la plus belle preuve de sa crédulité ? Il s'était forcé à rire.

— Les artistes n'ont pas les pieds sur terre. Nous sommes bien d'accord, n'est-ce pas, monsieur Adam ? avait-il ajouté après avoir cessé de rire.

— Chez nous, on dit que les troubadours sont les anges envoyés par le Bon Dieu pour nous distraire le temps de notre passage sur terre. Qu'en dites-vous ?

Il n'en disait rien. Mais je l'agaçais, c'était certain. Il avait mis deux morceaux de sucre dans son verre de thé et avait touillé si méchamment dans un sens puis dans l'autre que la petite cuillère en bois s'était brisée en deux.

Ah sa fille, heureusement qu'il n'en avait qu'une parce qu'elle en valait dix. Il se souvenait qu'Elvire avait pris des cours dans un petit théâtre près de sa tannerie et qu'elle était tombée sous le charme de son professeur, un homme vilain de tête, marié à une actrice rangée des tréteaux bien avant la déclaration de guerre. Comme elle n'était pas arrivée à ses fins, elle s'était amourachée de son fils, un jeune homme de son âge aussi laid que son paternel qui n'avait aucune inclination pour les filles. C'était bien la preuve de l'inconstance d'Elvire. Et ses chimères d'Amérique, les chanteurs noirs, la Sierra Nevada, New York...

— Et ?

— Comment ça : et ?

— Elvire n'est pas inconstante. Maintenant qu'elle vous a retrouvé, elle va vivre... L'Amérique, la Sierra Nevada ne seront plus des rêves. Vous devriez être heureux pour elle.

Il avait dodeliné de la tête en serrant son verre entre ses mains et il avait bu une gorgée de thé : trop sucré. Ses yeux froids étaient braqués sur moi tels des lance-torpilles. C'était ma faute si son thé était imbuvable car je ne cessais de le contrarier. Le ton n'était plus aux amabilités feintes. Il avait frotté son pouce contre son index : Combien ? Mon prix serait le sien. Il avait annoncé des sommes à vous donner le tournis. Dix mille. Vingt mille. Trente mille. À quarante mille francs, je faisais une belle affaire. Demain matin, il irait emprunter auprès du Fonds d'aide américain. Comme je le fixais avec la même dureté, il avait posé sa main sèche striée de veines bleu pâle sur la mienne et il avait dit : « Si l'argent ne vous suffit pas, je vous cède la tannerie. Ni moi ni ma fille n'en avons plus besoin, maintenant. »

Si j'acceptais son marché, il prendrait rendez-vous au plus vite chez un notaire pour faire le nécessaire. C'était le prix qu'il était prêt à payer pour que je disparaisse de la vie d'Elvire.

J'avais regardé ma montre et j'avais répondu : « Ça fait un moment que nous sommes partis. J'ai peur qu'Elvire ne trouve le temps long. »

Durant tout le trajet du retour, M. Bergman avait pris les devants et, la démarche pantelante comme si ma fin de non-recevoir l'avait laissé groggy, il m'avait ignoré.

Lorsque nous sommes arrivés à la maison, Samuel était dans la grande salle, un tournevis à la main, en train de bricoler les fils électriques pour installer un interrupteur. Elvire se trouvait dans le jardin, adossée à la palissade de séparation du terrain voisin dont les fondations d'une habitation prochaine sortaient tout juste du sol, et elle discutait avec un gamin aux cheveux blonds. J'ai déposé le panier à provisions dans la petite pièce qui serait bientôt la cuisine, et de là, même si M. Bergman et Samuel se parlaient à voix basse, j'entendais tout.

— Rien.

— Comment ça rien ? Tu ne lui as pas parlé ?

— Je n'ai fait que ça.

— Alors ?

— C'est fichu, monsieur Bergman.

Il avait soupiré un grand coup et il s'était lâché. Cela faisait cinq longues années que chaque jour il ne pensait qu'à Elvire, cinq longues années que chaque nuit il ne rêvait que d'elle et du monde qu'ils bâtiraient ensemble. Maintenant qu'elle était près de lui, il réalisait qu'il s'était bercé d'illusions ; Elvire n'était qu'une chimère. Elle n'avait pas de sentiments amoureux à son égard et n'en aurait jamais. Elle le lui avait fait comprendre en retirant ses mains qu'il avait posées sur ses hanches pour tenter de lui voler un baiser.

— Si vous m'aviez vu, j'étais piteux, minable, je me faisais honte. Je m'en veux d'avoir envoyé la lettre, mais ce n'était plus tenable, je souffrais trop.

M. Bergman avait haussé le ton pour le sommer de ne pas renoncer. C'était plus qu'un défi pour conquérir le cœur de sa fille qu'il lui lançait, c'était le devoir sacré de tout Juif que de ramener dans le droit chemin les brebis égarées. Puis il avait espéré qu'Elvire avait joué la comédie avec Samuel parce qu'elle lui en voulait de ne pas lui avoir donné de ses nouvelles à sa sortie du camp. Avec son fichu caractère, elle était capable de tout pour se venger. Il lui avait rappelé ses cours de théâtre et son talent inné pour la tragédie. Samuel connaissait cette histoire de cours de théâtre qu'il lui avait racontée maintes fois mais il n'y croyait pas. Il avait la certitude qu'Elvire ne s'était pas payé sa tête pour punir son père. Son regard apitoyé et ses sourires peinés avaient dit toute sa vérité. Elle en aimait un autre, c'était une autre certitude, un autre dont il ne voulait pas prononcer le nom tant cela lui brouillait le cœur.

Elvire était rentrée à ce moment-là du jardin, fuyant le regard froid de son père. Elle s'était réfugiée près de moi. Samuel avait délaissé ses travaux d'électricité et s'était proposé de s'occuper du dîner. Nous n'y vîmes aucune objection. Une fois examiné le contenu du panier à provisions, il avait suggéré de faire un couscous à la mode de chez nous. M. Bergman n'était pas amateur de ce qu'il appelait, non pas la cuisine, mais la nourriture nord-africaine. Il la jugeait indigeste, grasse, trop épicée, pourtant il avait cédé pour satisfaire au plaisir de l'infortuné Samuel qui feignait la bonne humeur en nous promettant un divin festin.

La table était une longue planche de chantier reposant sur deux trépieds qu'Elvire avait recouverte d'un drap de coton troué. M. Bergman m'avait désigné la chaise en bout de table, comme un exil contraint, laissant ainsi Samuel et Elvire face à face.

Samuel avait tenu sa promesse, son couscous était une réussite. Il avait été mitonné selon les règles de l'art en vigueur en Kabylie : carottes, navets, courgettes, branches de céleri, citrouille, pois chiches et une bonne dose de ras el-hanout sans lequel le couscous n'est jamais qu'un plat sans âme pour Français métropolitains. Pour le complimenter, je lui avais avoué que son couscous égalait celui de ma mère lorsque nous célébrions la fin du ramadan ou le Mouloud, la naissance du Prophète, que le salut soit sur lui, mais une fois de plus il était loin de nous. Il s'était perdu dans les yeux d'Elvire qui mangeait à petites cuillerées, sans appétit, fixant un point imaginaire dans la pièce pour ne pas croiser son regard de chien enamouré. M. Bergman n'avait pas très faim lui non plus, il avait négligé le bouillon de légumes, se contentant d'un peu de semoule et d'une côtelette d'agneau grillée. Lorsque son regard accrochait le mien, il cessait de manger, sa mâchoire se crispait ; je soutenais son regard, il détournait la tête.

— Tu n'aimes pas ? Tu veux autre chose ? Une omelette judaïca, ce sont des œufs brouillés avec de l'aubergine frite et une pointe d'ail, avait demandé Samuel à Elvire qui venait de poser ses couverts sur le bord de son assiette.

Couscous kabyle ou omelette juive, là n'était pas le problème. Elvire n'avait pas faim car une boule nouait son estomac depuis qu'elle l'avait éconduit. L'atmosphère était si lourde autour de cette tablée que je sentais qu'un mot mal compris ou mal interprété pouvait tout faire éclater. Pour alimenter la conversation, j'avais parlé de mon retour à Paris que j'espérais le plus rapide possible car l'ambiance électrique de Jérusalem avec ses tensions entre les communautés et ses militaires à chaque carrefour, comme si nous étions à la veille d'une guerre, me déplaisait fortement. Le visage de M. Bergman s'était soudain déridé, il avait même osé le sourire.

— Le plus vite possible, c'est quand ? Demain ? Après-demain ? avait glissé Samuel avec une sorte d'enjouement qu'il avait du mal à dissimuler.

Je n'avais pas relevé et j'avais poursuivi. Il me tardait de retrouver la rue Mouffetard, ses marchands des quatre-saisons et les cloches de l'église Saint-Médard sonnant à toute volée le dimanche matin après la messe. La tannerie, que je n'avais pas osé évoquer, me manquait elle aussi. La puanteur de la Bièvre, nos ouvriers, Gaston, Lucien, Mohamed et les autres. Tout me manquait.

— Et vous, monsieur Bergman, Paris ne vous manque pas ? avais-je lancé pour le piquer.

Il avait haussé les épaules.

— Pas même un peu.

Il m'avait fusillé de ses yeux froids qui, cette fois, me laissèrent de glace. Je m'étais alors tourné vers Samuel :

— Et toi, El Kseur ne te manque pas ? Et ton père, il ne te manque pas ? N'oublie pas que tu dois prendre sa relève.

Il avait repoussé son assiette et ses sourires de façade pour faire le beau devant Elvire s'étaient estompés. Son visage suintait désormais le vague à l'âme. Il avait bien écrit à son père à maintes reprises pour l'exhorter à le rejoindre, il était même prêt à faire le déplacement à El Kseur pour le ramener avec lui, mais il avait toujours répondu les mêmes mots : « Je suis né Juif d'Algérie, mon père, mon grand-père et tous les Zerbib qui m'ont précédé – cela depuis la nuit des temps – sont enterrés dans les cimetières de mon pays, pour rien au monde je ne mourrais loin de mes aïeux. »

M. Bergman s'agaçait de la tournure que prenait la conversation, d'autant qu'elle le visait au premier chef. Pour faire diversion, il m'avait posé la même question que Samuel :

— Le plus vite possible, c'est quand selon vous ? Demain ? Après-demain ?

Ajoutant :

— Je connais bien le directeur de l'agence de voyages qui vient d'ouvrir à Hurva, je peux lui demander de s'occuper de votre retour. Je vais aller le voir demain si ça vous arrange.

— Si ça ne dépendait que de moi, mais je ne suis pas seul.

J'avais coulé un regard vers Elvire. M. Bergman avait blêmi en se raidissant sur sa chaise. Elvire qui s'était tue jusqu'à présent avait profité de l'aubaine pour s'engouffrer dans la brèche. Elle pensait que le vieux rabbin d'El Kseur était d'une grande sagesse et que son père devrait s'en inspirer car la Palestine n'était pas, non plus, le pays des Bergman. Seule la France était leur patrie, même si elle les avait trahis. C'était en France qu'ils avaient leurs souvenirs, leurs repères géographiques, culturels, leurs attaches affectives, et c'était dans le carré juif du cimetière du Père-Lachaise qu'étaient enterrées sa mère ainsi que toute la lignée des Bergman depuis... Elle ne savait jusqu'où remonter dans le temps. Elle avait conclu :

— Il faut rentrer chez nous, papa. Si tu veux, nous reviendrons à Jérusalem chaque été pour les vacances. Samuel gardera ta maison, enfin notre maison, puisqu'il ne veut plus rentrer dans son village.

M. Bergman s'était pris la tête en étau entre ses mains ; il ne voulait plus rien entendre.

— Et toi Adam, lança Samuel, tu n'aurais pas oublié Bousoulem depuis que tu portes le costume-cravate comme un Parisien ? Fais attention, l'habit ne fait pas le moine. Pour un Français, un vrai, tu resteras toujours un...

Il avait laissé sa phrase en suspens le temps de chercher le mot le moins blessant, pioché dans le vocabulaire de nos colons, et il avait repris :

— Pour un Français, tu ne seras et pour toujours qu'un indigène.

Dès que je penserais contre ses intérêts, il saurait me rappeler qui je suis et d'où je viens. J'avais répondu en gardant mon sang-froid que je ne pouvais pas oublier mon pays que je portais chaque jour dans mon cœur, tout comme son père, et que je n'étais pas près d'en changer pour une terre qui n'était pas la mienne. Mieux, je m'étais engagé à libérer l'Algérie pour que nous puissions, lui, ses semblables et tous ceux qui le voulaient, être maîtres de nos destins.

La tension déjà vive venait de monter d'un cran. L'orage grondait. Samuel avait pris à témoin M. Bergman :

— Adam a toujours été un utopiste. Au *Frontstalag*, il nous promettait l'évasion et un monde meilleur que nous construirions après le chaos.

Je l'avais coupé net.

— Nous nous sommes évadés grâce à moi. Sans utopie, il n'y a pas d'avenir possible.

Pour amuser la galerie, Samuel m'avait comparé à Charles de Gaulle qui avait organisé la Résistance depuis Londres, sauf que moi – il n'avait pu se retenir de rire –, j'allais faire mieux que le Général, je mènerais la révolte depuis Paris. Sa tentative d'humour avait échoué, ni Elvire ni son père n'y avait prêté attention. Alors, reprenant son sérieux, il avait répété que pour rien au monde il ne retournerait en Algérie. Son dieu l'avait appelé en Palestine pour y vivre avec les siens et il y resterait jusqu'aux derniers de ses jours pour bâtir une nouvelle nation avec... Son regard pesait sur Elvire. Elle avait hoché vigoureusement la tête pour signifier son refus définitif. M. Bergman était anéanti. Il s'était levé de table, avait passé la main sur son visage et m'avait pointé du doigt :

— Je vois clair dans votre jeu, monsieur Adam. Je connais les filous de votre espèce. Vous avez tourné la tête de ma fille, mais moi vous ne m'aurez pas.

Il avait pointé le même doigt sur Elvire, exigeant qu'elle lui obéisse comme avant. Il était hors de question qu'il rentre à Paris avec sa fille, c'était sa volonté, et il n'en changerait pas. C'était à Elvire de rester à Jérusalem pour épouser Samuel qui avait été son compagnon et son seul réconfort quand ils étaient au camp. Il tremblait de tous ses membres, il haletait, bavait, son visage était redevenu d'une pâleur morbide, des gargouillis montaient de ses entrailles, puis il avait vacillé. Elvire l'avait soutenu en passant son bras sur son épaule. Il dodelinait de la tête. Il avait plongé la main dans la poche de son pantalon pour en sortir une poignée de terre jaune glanée au pied du Mur des lamentations et l'avait fait couler lentement entre ses doigts dans son assiette et, au comble de la colère, il s'était écrié à s'en briser la voix :

— Regarde, Elvire, c'est la terre des fils d'Israël. Elle est à nous. Tu dois la protéger et la défendre. Chez nous, c'est ici. C'est notre nouveau foyer. Je te le redis : pour tout l'or du monde je ne reviendrai pas en France.

Sa poitrine l'oppressait, il s'était plié en deux et affaissé sur sa chaise. Elvire paniquait : « Parle papa, parle ! » Mais M. Bergman ne réagissait plus. Samuel avait récité une prière en hébreux qui s'était révélée d'une redoutable inefficacité avant de sortir précipitamment de la maison. J'avais redressé M. Bergman, ses yeux froids qui savaient si bien cracher des éclairs étaient grands ouverts, vitreux, comme ceux des grosses têtes de mérous exposées sur les étals de la poissonnerie de la place de la Contrescarpe. J'avais déboutonné sa chemise, passé la main sur sa poitrine, son cœur battait faiblement. Elvire lui murmurait, des larmes dans la gorge, qu'elle resterait avec lui et qu'elle redeviendrait la petite fille docile qu'elle était avant la guerre. Puis elle s'était agenouillée et avait glissé ses doigts entre les siens.

Samuel n'avait pas tardé à revenir avec un colosse à barbe noire, chapeau noir, redingote noire, même le cadran de sa montre était noir ; c'était le médecin du quartier. Avec Samuel, j'avais transporté M. Bergman dans sa chambre et nous avions attendu derrière la porte la conclusion de l'auscultation. Elvire s'était blottie contre moi, elle avait peur pour son père, elle s'en voulait de l'avoir contrarié avec son obsession de vouloir le rapatrier contre son gré. S'il mourrait, elle ne se le pardonnerait jamais. Samuel, qui ne supportait pas de la voir dans mes bras, était parti faire la vaisselle.

La consultation n'avait guère duré plus de dix minutes : c'était un malaise cardiaque. Le cœur, après tout ce qu'il avait enduré, était usé et le reste de la tuyauterie ne devait pas être en meilleur état.

Le médecin avait prescrit beaucoup de repos et il avait laissé sur sa table de chevet des comprimés à prendre toutes les deux heures. Elvire l'avait remercié.

Combien lui devait-elle ?

— Rien. Occupez-vous bien de votre père, c'est l'essentiel. Évitez-lui les émotions fortes et les contrariétés. À son âge, le prochain malaise pourrait être fatal. Pour le reste, Dieu y pourvoira.

Je ne pouvais plus rester une minute de plus dans cette maison. J'avais pris ma valise et, aidé de Samuel, j'avais cherché à me loger ailleurs. De rue en rue, d'hôtels complets en hôtels réquisitionnés par les Anglais, nous avions fini par trouver une chambre au Majestic. Samuel était monté dans la chambre, il avait besoin de parler.

Parler de quoi ?

J'étais las de leurs histoires de Juifs et je ne voulais plus rien avoir à échanger avec lui. Il était si différent de l'homme avec qui j'avais partagé le pire et le meilleur de l'humanité. Maintenant, je voulais dormir. Dormir pour tous les oublier, mais il s'était planté au milieu de la chambre, avait retiré sa kippa, l'avait serrée entre ses mains et il avait dit d'une voix mal assurée :

— Elvire, elle est pour moi. Laisse-la-moi. Avant elle, je ne savais pas ce que c'était d'aimer quelqu'un, à part mon père et ma mère.

Au baraquement, il lui suffisait de songer à Elvire pour que tout s'éclaire. Il revoyait un canal derrière la clôture de barbelés. Il devait remplir sa brouette de cendres et les déverser dans l'eau verdâtre. Un Juif de Pologne lui avait dit : « Celui qui n'a pas la force de travailler finira dans la cheminée et toi tu verseras ses cendres dans le canal. »

Samuel avait gardé cette phrase en tête et il se disait chaque matin en chargeant sa brouette : « Je ne veux pas mourir ici parce qu'au bout de la nuit, Elvire m'attend. »

Au nom de notre amitié, il m'avait imploré de disparaître de leurs vies. Loin de moi, elle finirait par s'habituer à lui et, qui sait, avec le temps naîtrait une sorte de complicité qui ressemblerait à de l'amour. Au nom de cette même amitié, je lui avais conseillé, et je parlais d'expérience, de changer d'amour s'il ne voulait pas souffrir à en mourir, puis je lui avais dit au revoir comme on dit adieu.

14

Je ne tiens plus en place. Je noue, dénoue ma cravate. Je fais, défais, refais ma valise. J'ai l'œil rivé à ma montre et je regarde courir les secondes et les minutes à m'en étourdir. Je bous d'abîmer mes heures à ne rien faire dans cette chambre où, dès la tombée du soir, j'entends à travers la cloison les gémissements et les ahanements de prostituées qui louent leurs charmes aux voyageurs de commerce. Sans parler du tohu-bohu que font à toute heure de la journée les gamines qui jouent à la corde à sauter dans les couloirs. Et Elvire qui ne vient pas.

On frappe à ma porte. Message ! Message ! J'ouvre. C'est un adolescent d'une quinzaine d'années dans un uniforme vert à galons dorés trop grand pour lui. Il est tout rond, avec des joues bien pleines, un nez de boxeur et des cheveux noirs presque bleutés.

Amar, fils du patron de l'hôtel, se présente-t-il, la tête haute, les talons joints comme au garde-à-vous.

Il me tend une enveloppe sur laquelle je reconnais l'écriture d'Elvire. Il sourit de toutes ses dents et reste immobile. Je le remercie. Son attitude se relâche, il attend. Je lui glisse un billet dans la main. Il écarquille ses yeux clairs pleins de lumière et jure qu'avec un tel pourboire il est prêt à me rendre tous les services dont j'aurai besoin, nettoyer mes vêtements, faire mes commissions, cirer mes chaussures, être son guide, si ça me chante.

— Qui t'a déposé cette lettre ?

Un petit blond juif, lui a dit son père. Il s'en étonne car les Juifs s'aventurent rarement dans le quartier arabe de la ville.

— Quand ?

Son père a noté sur le registre de la réception midi moins le quart. Ensuite, il est parti déjeuner, oubliant de me la remettre. Avant de s'en aller, le gamin me rappelle qu'il est à mon service et me gratifie d'une rafale de *choukran sidi.*

La lettre n'est qu'un morceau de papier froissé sur lequel Elvire me donne rendez-vous à quatre heures au café des Remparts. Pas un mot de tendresse. Rien. Il est trois heures. J'enfile ma veste, renoue ma cravate et je retrouve Amar sur le seuil de la porte de l'hôtel où il bâille d'ennui.

— C'est loin le café des Remparts ? Il faut que j'y sois dans une heure.

— Quinze minutes, pas plus.

Je lui donne un autre billet pour qu'il m'y conduise. Nous allons d'un pas tranquille dans cette ville faite de ruelles si populeuses que l'on ne peut s'empêcher de se coudoyer, de se bousculer, de se marcher sur les pieds, de s'excuser. Au bout de chacune de ces voies étroites où se confondent les odeurs de toutes sortes d'épices, nous débouchons le plus souvent sur des places où des jeunes garçons en haillons mendient ou vendent à la criée du thé, de l'eau citronnée, des fèves grillées, des pâtisseries. Sur l'une d'elles, près du Saint-Sépulcre, des marchands ambulants ont étalé sur des bâches en toile de jute des bondieuseries rangées selon la religion. Ils abordent le chaland ou le touriste à coups de « Bienvenue à Jérusalem » qu'ils déclinent en plusieurs langues. On y trouve des corans d'un format si petit qu'il me paraît impossible qu'ils contiennent toutes les sourates, des crucifix à épingler au revers de son veston, des fioles d'eau miraculeuse puisées à la source du Golgotha, ainsi que des pendentifs de l'étoile de David sertis de faux rubis grossièrement taillés.

Un de ces camelots m'apostrophe : *« Hablas español señor ? »*

Ça m'amuse car c'est bien la première fois que l'on me prend pour autre chose qu'un Nord-Africain. Il baragouine quelques mots pour me vanter la qualité de la croix en or dur de son Jésus, je suppose.

Comme je ne le comprends pas, il essaie le français. Ça m'amuse davantage car c'est bien la première fois que l'on me prend pour un roumi. Je devine un mot sur cinq, et encore. Comme je ne comprends pas grand-chose à son boniment, il conclut sa démonstration en communiquant par gestes de muet. Il a mis tant d'énergie à vouloir me caser son crucifix que je finis par céder et lui achète un de ses corans miniatures et son Jésus dont je me demande aussitôt ce que je vais bien pouvoir en faire.

Plus loin, c'est encore une autre place, plus grande, plus belle, plus ensoleillée. Magnifique pour tout dire. Il y a une fanfare qui joue des airs gais, un attroupement de femmes, d'enfants, d'hommes de toutes confessions encadrés par quelques éléments de la police locale armés de simples matraques. En retrait, dans une guérite, trois soldats anglais, la mitraillette à l'épaule, ont tout ce petit monde à l'œil. Nous nous approchons. C'est un cirque de Bédouins avec sa chorale de chameaux musiciens, les uns imitent le souffle de la tempête engouffré dans des dunes de sable, les autres ventilent à leur façon, ce sont des pétomanes. Plus ils ventilent, plus les spectateurs se gondolent. Amar essuie des larmes de joie. Je ris aussi de bon cœur. Applaudissements nourris pour la chorale de camélidés. Suivent un avaleur de tessons de bouteilles, un charmeur de serpents, des clowns nains de type asiatique qui ne nous ont pas arraché un sourire, un fildeferiste unijambiste et, clou de toutes ces attractions, annoncé à grand renfort de roulements de tambour, Hussein de Jéricho, le seul et unique mangeur de poules vivantes de toute l'Arabie. De petite taille, l'œil fardé de khôl, les lèvres outrageusement peintes en rouge, il ressemble aux vieilles putes pour voyageurs de commerce du Majestic. Il nous salue bien bas, ôte sa jaquette brodée de motifs de calligraphie qu'un nain jaune vient récupérer. Il bombe le torse et c'est le silence. Un autre nain jaune accourt, une cage en osier à la main, dans laquelle est prisonnière une poule au plumage d'or et d'argent. Hussein libère son éphémère comparse, la brandit par les pattes et par un drôle de tour de passe-passe, la voici empoignée par le cou. Il nous la présente. Elle se nomme Djamila. Nouveau roulement de tambour. Hussein enfourne la tête de la malheureuse dans sa large bouche.

Non, non, non, elle n'est pas cuite, hurlent les enfants.

D'un seul coup de mâchoire, Hussein porte l'estocade. Djamila décapitée est secouée de tremblements, elle convulse et tout son petit corps se raidit. Le sang gicle, ça dégouline sur son menton, sur sa poitrine, des gouttes s'écrasent sur ses babouches d'un blanc de neige. Hussein boit avidement. Sa glotte va et vient. Il fait une pause le temps de roter, de se torcher la bouche du plat de la main et il remet ça. Il tète le sang chaud de Djamila jusqu'à ce qu'elle soit exsangue. Puis il mastique, crache des bouts d'os, de crête, des plumes souillées. Les enfants au premier rang sont effarés, les plus petits se cachent derrière les jupes de leurs mamans. Après avoir entièrement avalé la tête, Hussein fait un tour de piste en exhibant la dépouille comme un trophée.

Hussein de Jéricho n'en a pas terminé. Il sort de la poche de son sarouel un poussin tout mignon, tout jaune, tout neuf. Il le jette en l'air et l'oisillon retombe dans sa gueule grande ouverte. Il l'avale sans même le mâcher.

Ouh ! Ouh ! Ouh ! scandons-nous en chœur.

Ultime roulement de tambour et la fanfare clôt le spectacle avec une musique pleine d'entrain. Les nains rappliquent, tendent leurs tarbouchs en guise de sébile pour récolter des pièces de monnaie. Des gamines pleurent le poussin et Djamila qui gît à terre, à laquelle plus aucun adulte ne prête attention. Soudain, une rafale de mitraillette est suivie d'une lourde déflagration. La guérite a été soufflée. Les chameaux se cabrent, s'affolent, brisent leurs liens, détalent en tous sens. Le cirque de Bédouins plie bagage sans demander son reste. Les parents paniqués attrapent par le bras leurs enfants et s'enfuient. Certains se dispersent calmement comme si plus rien de ce qui se passe dans cette ville ne les surprenait. Quelques-uns, dont je fais partie, se précipitent pour porter secours aux trois soldats anglais. Il n'y a plus rien à faire. Leurs visages sont ravagés par les brûlures, leurs corps ne sont plus que des amas de chair et d'os rependus à plus de dix mètres à la ronde. Amar, qui s'était carapaté, revient sur ses pas pour me chercher.

— Ça doit être un coup de l'Irgoun. Sauvons-nous.

— L'Irgoun, c'est quoi ?

— Des Juifs. Ils commettent des attentats contre les Anglais pour qu'ils dégagent de Palestine. Ils veulent créer un pays rien que pour eux ? Ce sont des fous. Vite sidi, si les soldats nous attrapent, ils vont nous embarquer, et qui sait ce qu'il adviendra de nous.

Je dépose mon crucifix devant les cadavres de ces jeunes soldats démembrés et éviscérés, eux dont la vie s'est arrêtée sur cette petite place de Jérusalem.

Nous tournons dans la première ruelle sur notre gauche et franchissons une rampe pentue menant à une énième place. Amar s'arrête, me désigne un café sans cachet particulier, à l'ombre de vieux oliviers : c'est le café des Remparts. Puis il s'efface non sans m'avoir mis en garde : Ne jamais rester proche des soldats britanniques qui sont des cibles vivantes pour l'Irgoun.

Elvire est au fond de la salle noyée dans un brouillard de fumée de cigarettes. Il y a du monde. Beaucoup. Ça parle fort. Ça boit. Ça se dispute. Ça rit. Elle a les yeux gonflés de mauvais sommeil et fume en buvant un café. Je veux baiser sa bouche, mais je me ravise. Elle a le visage des tristes jours. Elle l'a, d'ailleurs, en permanence depuis que nous sommes arrivés.

— Pourquoi ce rendez-vous, ici ? Je demande en m'asseyant à côté d'elle.

C'est son petit voisin qui lui a recommandé ce café pour être tranquille car aucun religieux n'entre jamais dans cet endroit connu pour être le lieu saint des mécréants de Jérusalem. C'est avec sa complicité qu'elle a réussi à fausser compagnie à Samuel. Un dingue. Il la harcèle continûment, l'épie, lui tient des propos aussi déplacés qu'absurdes. Elle ne sait plus comment s'en défaire. Elle a appris par son père qu'il l'a inscrite, à son insu, à un groupe de femmes du quartier d'Hurva pour qu'ensemble elles se réapproprient la culture juive. Pire. La nuit dernière, il est entré dans sa chambre alors qu'elle dormait nue sous ses draps et lui a fredonné une berceuse en hébreux à vous faire cauchemarder, puis il est resté, à genoux, au pied du lit à l'admirer.

« Tu es plus belle que dans mes rêves. Je t'en prie, laisse-moi te féconder, charmante Elvire », a-t-il murmuré.

Elle a enroulé un drap autour d'elle pour cacher sa nudité, l'a fichu dehors sans ménagement et n'a plus fermé l'œil de la nuit de peur qu'il ne récidive. Ce matin, il s'est excusé pour son comportement incorrect et a promis que cela ne se reproduirait plus. Pour aussitôt repartir à la charge. Quoi qu'il lui en coûte, a-t-il dit, il l'aimerait. Avec le temps, peut-être finirait-elle par lui concéder quelques sentiments. Un dingue, s'énerve Elvire. S'il n'y avait pas son père, nous ferions nos valises et repartirions par le premier autocar. Mais il y a son père. Elle marque un temps, finit son café, écrase sa Craven A dans le cendrier déjà plein de mégots. Je sens venir le gros nuage noir. Le médecin est passé prendre des nouvelles de son père, l'a ausculté et lui a remis d'autres médicaments plus forts pour soutenir sa tension et ses reins qui ne vont pas bien du tout. Puis il l'a entraînée à l'écart de Samuel, dans le jardin, et n'y est pas allé par quatre chemins. Un mois, deux mois, six avec un peu de chance, mais il ne faut pas en espérer davantage, même avec l'aide de Dieu. Elle prend ma main, la serre, ses ongles mordent ma peau. Elle ne rentrera à Paris ni demain ni les autres jours. Elle veut profiter de son père jusqu'à la dernière seconde de sa vie.

— Est-ce que tu me comprends, Adam ?

Je fais mieux que de la comprendre : je l'approuve. Elle me dit : « Merci. » Je réponds : « Il ne me plaît pas ce café, sortons. »

Nous allons nous perdre dans la foule, elle accrochée à mon bras, moi accrochée à son cœur.

Devant le Majestic, le père d'Amar est assis sur un tabouret à égrener son chapelet. Son fils lui a raconté l'attentat contre les Anglais. C'était un de plus dans la journée. En rentrant de la prière à la mosquée al-Aqsa, il y en a eu un autre, contre ces foutus soldats, commis par des Arabes palestiniens celui-là. Un courant d'air fait flotter son keffieh, il rajuste les anneaux de cordelettes pour mieux le maintenir sur sa tête. Il range son chapelet dans la poche de son sarouel, et voilà qu'il s'énerve. Il est pour que les Britanniques rentrent chez eux. Les Arabes n'ont pas besoin d'armée étrangère pour régler leurs différends avec les Juifs. Et il ajoute, en agitant un pan de son keffieh comme une menace, que depuis qu'ils sont là, c'est, comme disent les Français : la merde. Ils pressent la guerre contre les Juifs venus d'Europe, la guerre contre les Anglais, la guerre entre Arabes, peut-être. Il ne veut pas de guerre pour son fils, pour ses filles, pour tous les enfants de la patrie d'Abraham. Il reprend son chapelet et nous souhaite un bel après-midi.

J'ai fermé la fenêtre de la chambre et tiré les volets. Nous sommes plongés dans une triste pénombre. Elvire dégrafe un bouton de son chemisier et sa main ne descend pas plus bas, elle me demande si j'en ai envie. Je ne veux plus faire l'amour sans feu ni passion. Je reboutonne son chemisier et nous nous allongeons en nous tenant par la main, sur ce lit de chagrin.

— Je partirai demain à l'aube par le premier autocar parce que je ne m'imagine pas rester ici, dans cette chambre d'hôtel de cette ville que je n'aime pas.

Elle fait mieux que me comprendre ; elle m'approuve. Elle dit encore qu'elle n'a pas d'inquiétude pour la tannerie, elle sait que je la dirigerai mieux que personne en attendant son retour. Chaque semaine elle m'écrira pour me donner de ses nouvelles avec l'espoir de me retrouver bientôt. Elle se reprend, non, pas bientôt, le plus tard possible.

15

Jérusalem, le 15 octobre 1947

Mon très cher Adam,

Si je ne t'ai pas écrit depuis plusieurs semaines, c'est parce que notre service postal ne fonctionnait plus par manque de moyens. Quand tu penses qu'il a fallu qu'on patiente un mois pour avoir des timbres, et c'est comme ça pour tout, c'est dire l'étendue du désordre. À cela s'ajoutent les attentats de plus en plus fréquents contre les Anglais qui paralysent la ville, et nous, nous devons nous débrouiller avec ce grand foutoir. C'est simple, ici, la règle c'est qu'il n'y a pas de règle. À Hurva, nous croyons que l'on se dirige vers la guerre civile si nous, les Juifs et les Arabes, nous ne nous entendons pas, car c'est décidé, l'ONU va bientôt voter une résolution pour créer deux États en Palestine, un juif, un arabe. Les Arabes sont contre car il arrive chaque jour des Juifs d'Europe. Ils disent qu'ils vont être envahis. Certains dorment comme des clochards, dans la rue, dans des abris de fortune ou sur les bancs de la gare routière. L'autre jour, Samuel nous a ramené un de ces migrants en guenilles, le visage embroussaillé par la barbe, la chevelure sauvage, seuls ses yeux d'un bleu intense rappelaient qu'il était encore un être humain. Nous l'avons casé dans une chambre de laquelle il ne sort que pour se nourrir.

Je n'en peux plus de cette vie. Moi qui ne supportais plus la tannerie, j'en rêve chaque nuit, tant elle m'apparaît comme un havre de paix. J'ai hâte de la retrouver, comme j'ai hâte de te retrouver pour être avec toi et dans toi, pour toujours cette fois. Je vais maintenant te toucher quelques mots de mon père, qui, je le devine, vont te contrarier. Je t'avais dit dans mes précédentes lettres qu'il déclinait chaque jour un peu plus et que je devinais l'issue fatale pour bientôt, mais depuis une semaine, il semble que son traitement fasse enfin son effet. Il bricole un peu avec Samuel, jardine, fait la cuisine, et il est de joyeuse humeur. Hier, il a mis les beaux habits que je lui avais apportés et pour la première fois, il est sorti d'un pas gaillard jusqu'au Mur. J'ai demandé au docteur si je pouvais le laisser se débrouiller le temps d'un court séjour à Paris. Il me l'a fortement déconseillé : pas de contrariétés, pas d'émotions, pas de mauvaises surprises. Du calme. Du calme. Du calme, a-t-il martelé. De ce fait, je suis prisonnière de son état de santé. C'est étrange et culpabilisant de songer que pour revoir l'homme que j'aime, il faut que mon père disparaisse. On dirait une tragédie grecque.

Que te dire d'autre, mon bien-aimé ? Samuel prend ses distances avec moi depuis qu'il s'intéresse, de près, à une Polonaise d'un autre quartier. Elle lui apprend sa langue, en échange de quoi il lui apprend le kabyle. Comme c'est un élève laborieux mais appliqué, ça accapare ses heures. C'est tant mieux parce que maintenant il me fiche la paix. Que te dire d'autre que je ne t'ai pas déjà écrit ? Mes jours se ressemblent, ennui, lassitude, et le temps comme m'a vie se sont arrêtés depuis que tu n'es plus là. Pour le Yom Kippour, qui aura lieu dans un mois, nous sommes invités par les voisins, je te raconterai. Je vais devoir te laisser car j'entends mon père qui rentre du jardin. Prends soin de toi mon bien-aimé.

Elvire qui ne pense qu'à toi.

C'est la seconde fois de la journée que je relis sa lettre. J'enrage contre le traitement du docteur, j'enrage contre son père qui ne veut pas mourir, j'enrage contre Elvire qui est si loin de moi et j'enrage contre moi-même qui ne m'en sors pas. Lorsque je ne cours pas de rendez-vous en rendez-vous pour engranger les commandes, je croule sous la paperasse : factures, comptabilité, devis, fiches de paie ; quant aux ouvriers, je ne peux plus les souffrir. Et Gaston, le sournois, qui continue de regretter, à haute voix, devant ses collègues, qu'avec M. Bergman tout avait une autre allure. Parfois, j'ai envie de tout plaquer pour m'exiler au bout du monde et, plus loin si c'est possible, pour tous les oublier. Mais cela reste une chimère car il y a la tannerie à faire tourner, sa tannerie.

En attendant son retour, je reste au bureau jusque tard le soir et, assis dans son fauteuil, mon regard se porte inexorablement sur sa photo dans le cadre doré sur une étagère encombrée de dossiers aux tons sinistres, de classeurs noirs que je n'ai jamais ouverts et de livres d'économies datant de la jeunesse de M. Bergman. La photo a été prise sur la berge de la Bièvre, celle qui fait face à l'entrepôt où l'on stocke et trie les peaux à leur arrivée en fonction de leur qualité et de leur épaisseur. Elvire a quatorze ans. Elle est vêtue d'une longue robe claire à volants et elle est coiffée d'un chapeau de soleil dont l'ombre lui mange les yeux et le nez. Entre ses mains, elle tient un cahier grand ouvert. C'était un dimanche de juin, m'a-t-elle dit. Elle révisait une tirade des *Femmes savantes* ou de *L'École des femmes*, je ne sais plus ; ce dont je me souviens, c'est qu'il était question d'un petit chat mort. Oui, ça, je l'ai bien en tête cette histoire du petit chat, car elle me la jouait parfois lorsqu'elle dépoussiérait le cadre doré, et chaque fois ses yeux se brouillaient de larmes. Je n'ai jamais osé lui demander si c'était la tirade qui la mettait dans un tel émoi ou si c'était parce que son rêve de théâtre était, comme le petit animal, mort à jamais.

Elvire me manque si fort que je me suis mis à fumer des Craven A, comme elle, et je me suis promis d'arrêter le jour où elle me reviendra. Quand les volutes brunes et bleues inondent le bureau, je ferme les yeux et je l'imagine, là, avec moi. Les machines se sont tues. Les ouvriers sont partis. Je décroche le téléphone. Elle éteint la lumière. Je baisse les stores. Il fait noir. Nous jouons à cache-cache. Celui qui perd déshabille l'autre. Elvire triche toujours pour que je l'effeuille. Une fois nus, nous sommes saisis de pulsions irrépressibles et c'est l'aimantation des corps. Nous n'avons jamais été adeptes du lit pour faire la belle chose. Nos défis, nos coups de folie, notre risque, c'est de nous aimer dans les endroits les plus insolites pour qu'explose notre libido. Nous avons fait l'amour au musée du Louvre, devant *Le Déjeuner sur l'herbe* de Manet, après avoir semé les gardiens, sur le pont d'une péniche amarrée face à la tour Eiffel par une pluie d'orage, dans le confessionnal de l'église Saint-Médard, après la messe de minuit, dans la dernière voiture du dernier métro, et nous avions ri à en perdre le souffle car les trépidations et le vacarme assourdissant des roues crissant sur les rails nous avaient enivrés de plaisir. Et dans ce bureau, combien de parties de cache-cache...

J'allume une cigarette, la dixième de la journée sans doute. Je ne me fais toujours pas à ce relent de cendres tièdes qui traîne dans ma bouche, comme je ne peux m'habituer à son absence.

« Vous êtes accroché aux cigarettes anglaises, c'est pas normal pour quelqu'un de votre calibre, monsieur Adam. Faut fumer français. Les Bastos, ça c'est des clopes pour hommes. Si vous voyez ce que je veux dire », m'avait interpellé Lucien alors qu'il venait pour encaisser sa paie.

J'avais répondu que je ne fumais pas par goût mais pour qu'Elvire soit près de moi. Il avait fait : « Ah », c'était le « Ah » d'un jeune gars bien sympathique qui ne pouvait pas comprendre. Mohamed, qui était présent pour la même raison, avait très bien saisi l'allusion et m'avait demandé, une fois seuls dans le bureau, combien de temps il faudrait patienter avant qu'Elvire ne revienne.

— Elle te manque à toi aussi ? avais-je soupiré tristement.

— Elle a bon cœur. Avant de partir, elle m'a fait un cadeau.

Il avait sorti de la poche arrière de son bleu de travail un petit recueil de poésie et l'avait posé sur le bureau. Il y en avait pour tous les goûts : Jean de La Fontaine, Arthur Rimbaud, Alphonse de Lamartine, Charles Baudelaire, Paul Éluard. Je le lui avais rendu en lui proposant, s'il le souhaitait, de lire ensemble certains poèmes ardus pour qui ne maîtrisait pas la langue française. Il avait approuvé mollement. Puis il était resté planté devant moi, muet.

— Qu'est-ce qui ne va pas ? Tu as besoin de quelque chose ?

Il avait rempoché son petit recueil et était demeuré silencieux.

— Parle, sinon sors. Je suis assommé de travail.

Mohamed a parlé. Il n'en pouvait plus de dormir dans la réserve parmi les sacs de chaux, les bonbonnes d'ammoniaque et les bidons de grésil qui le faisaient tousser, cracher et lui brûlaient la gorge, sans compter l'odeur entêtante du cuir tout juste tanné qui lui collait à la peau. Il avait beau se décrasser au savon noir avec la brosse à chiendent ou s'asperger d'eau de Cologne à en avoir des rougeurs sur tout le corps ; rien n'y faisait. Mohamed puait. Ce n'était pourtant pas faute de se démener pour chercher à se loger et retrouver, enfin, une vie propre. Une chambre mansardée dans l'hôtel le plus minable qui soit aurait fait son affaire. Il était même prêt à louer une cave en attendant mieux, mais la réserve mal ventilée où l'on crève de chaud une nuit et où l'on grelotte de froid la nuit suivante, ça n'était plus supportable. Il allait y laisser sa santé, et après, qu'adviendrait-il des bouches qu'il avait à nourrir en Algérie s'il lui arrivait malheur ? Pour une nuit, il voulait dormir, au chaud, dans le bureau. Pour une nuit, j'avais accepté, parce qu'il était épuisé et qu'il puait vraiment.

La fumée me pique les yeux, mon mégot me brûle le bout des doigts, je l'écrase dans le cendrier. Puis je plie soigneusement la lettre en deux, la remets dans son enveloppe, la range dans le tiroir du bureau où elle rejoint les autres lettres.

Je ne veux pas rentrer chez moi, je n'aime pas rentrer chez moi, chez moi n'est plus chez moi. Pour meubler mes soirées en solitaire, je lis beaucoup, des livres d'histoire sur les révolutions. La française m'inspire énormément. Danton surtout. Malgré sa gueule repoussante labourée par la petite vérole, cet homme me plaît. Je ne me lasse pas de relire sa harangue, à l'Assemblée, contre les ennemis de la patrie : « Pour vaincre, il nous faut de l'audace, toujours de l'audace, encore de l'audace, et la France sera sauvée. »

L'autre soir, je me suis surpris à déclamer en pointant avec un coupe-papier un ennemi imaginaire : « ... Il nous faut de l'audace, toujours de l'audace, encore de l'audace, et nous sortirons de la longue nuit coloniale. »

Je m'étais aussitôt demandé si, tout comme Elvire, je n'étais pas passé à côté d'une carrière de tragédien. La révolution bolchevique, bien que tout aussi respectable, m'inspire moins, sans doute à cause des noms de ses meneurs que j'ai du mal à mémoriser, Trotski, Lénine, Staline, ainsi que toute la ribambelle de sous-fifres dont les patronymes se terminent par « ov » ou « ev ». Et puis la Russie, c'est si loin de l'Algérie, un autre monde que je ne sais appréhender. Il m'arrive de prendre des notes au gré de mes lectures. Elles me servent de points de repère pour diriger nos échanges lors des réunions que je continue d'organiser les dimanches après-midi.

Il est huit heures et demie du soir, dehors il pleut comme il pleut dans mon cœur. Je vais rester encore un peu, le temps de répondre à Elvire. Je lui dirai que si elle rêve de la tannerie pour que tout recommence, mes nuits, elles, sont peuplées de cauchemars. Il en est un qui me revient de plus en plus souvent et qui me nargue. M. Bergman ne meurt pas, ne meurt plus, ne mourra jamais. Il devance Mathusalem en âge. Et nous, nous finissons par nous éteindre, éloignés l'un de l'autre après avoir vécu à nous attendre. Je lui dirai aussi que j'ai le sentiment que malgré l'ennui, la lassitude et les jours sans fin, le ton a changé. Il m'apparaît qu'elle ne se sent plus si étrangère que ça parmi les siens, comme elle s'en plaignait dans ses premières lettres. Je l'ai perçu par petites touches. *Notre service postal... Nous croyons... Nous pensons. Nous, nous, nous.*

Cela m'interroge, m'agace et m'inquiète. Oui, je vais mettre tout ça au propre maintenant. Je prends son stylo-plume, le bloc de papier à lettres, et j'attaque :

La tannerie, le 30 octobre 1947.

Ma bien chère Elvire...

C'est avec joie que...

Mohamed est dans l'embrasure de la porte, il se racle la gorge pour se manifester et demande s'il peut entrer. Il n'attend pas que je lui réponde et s'en va ouvrir l'armoire où se trouve son paquetage :

un petit matelas, une couverture. Il les déplie sous la fenêtre qu'il ouvrira dès que je serai parti. Cela fait maintenant un mois qu'il dort dans le bureau et qu'il me serine toujours la même rengaine : « Moins une et j'avais une chambre d'hôtel. J'ai une piste pour demain. Avec l'aide d'Allah, ça marchera. »

Je repousse le bloc de papier à lettres et je souris. Que puis-je faire d'autre ?

Dehors, il ne pleut plus, mais le vent léger emporte avec lui les premières feuilles d'automne. Je me lève, décroche ma veste suspendue au portemanteau. Mohamed est assis en tailleur sur son matelas et lit en remuant les lèvres son recueil de poésie.

— Chef, tu as deux minutes avant de t'en aller. Je ne comprends pas. Viens voir un peu.

Son index est appuyé sur *Liberté* de Paul Éluard.

— Qu'est-ce que tu ne comprends pas, Mohamed ?

— Tout. Tiens, lis en parlant pour voir si je comprends mieux avec toi.

Il me tend son recueil, ouvre la bouche, dresse l'oreille.

Sur mes cahiers d'écolier
Sur mon pupitre et les arbres
Sur le sable sur la neige
J'écris ton nom
Sur toutes les pages lues
Sur toutes les pages blanches
Pierre sang papier ou cendre
J'écris ton nom.

— Quel nom, chef ?

— Liberté. Tu verras, c'est écrit tout en bas. C'est le dernier mot du poème.

— Il faut tout lire pour arriver à la liberté.

— Oui, il faut tout lire, tout savoir, pour être libre, Mohamed.

16

Il a neigé toute la nuit. De beaux et gros flocons étoilés qui ont déjà formé un épais tapis blanc sur le noir des trottoirs. À présent, une tempête de ciel bleu souffle sur la ville. Il est midi. Le déjeuner, en famille, va être servi. On causera de la guerre, de ses chers disparus, des lendemains qui tardent à chanter et, lorsque le vin aura fait son effet, on dégoisera sur l'ennemi héréditaire : le Boche, le Fritz, le Chleuh, le Fridolin, le Teuton. Après le café, on fera passer toute cette haine avec une goutte de calva versée dans le fond de sa tasse et l'on enverra les enfants prendre l'air le temps d'une sieste, celle pour se distraire. Les filles joueront à l'infirmière et les garçons referont la guerre à coups de boules de neige sur le parvis de la mairie où est dressé un sapin de Noël tout enguirlandé. Ceux qui n'ont pas le goût de la bataille traîneront leurs galoches sur les berges de la Bièvre à fumer des bouts de liane ou des mégots chapardés dans le cendrier de papa. Les plus petits lanceront des cailloux à la surface de l'eau glauque pour faire des ricochets. Au Chat qui dort, derrière les vitres embuées, les veufs, les inconsolables, les sans-famille, accoudés au comptoir, useront les heures à raconter leurs vies estropiées, cent fois radotées à M. Édouard dont le regard à marée basse dit tout de sa profonde lassitude. Les rues seront vides, les chiens errants s'ennuieront, la ville paressera en attendant lundi matin. C'est ainsi que je vois et entends les dimanches à Gentilly depuis que la paix est revenue.

Je traverse la ville, le col de mon manteau relevé pour me protéger du vent glacé qui cingle ma nuque. Je ne suis pas fait pour porter le manteau. Une fois boutonné, il m'oppresse, m'engonce, me déforme. Je crois que je resterai manteauphobe jusqu'au dernier de mes jours. Le gros thermomètre en émail de la réclame Paic, la lessive qui lave tout, cloué sur la porte de la quincaillerie de l'avenue Jean-Jaurès annonce cinq degrés.

Je suis d'humeur maussade, comme hier, comme depuis trois mois, car je n'ai plus de nouvelles d'Elvire. Toutes les lettres que je lui ai envoyées me sont revenues. Le receveur de la poste à qui je me suis plaint a pris un air emprunté pour m'expliquer que l'Orient c'est bien compliqué. Merci, ça, je l'avais compris le jour où je l'ai découvert. J'ai un mauvais pressentiment, j'ai peur qu'il ne lui soit arrivé malheur. Toute la journée, jusqu'à tard le soir, je ne quitte plus le bureau et j'attends devant le téléphone qu'elle ressuscite pour écouter le charme de sa voix qui me dirait qu'elle m'aime comme elle me manque. Rien. Ne me parviennent au bout du fil que les vendeurs de peaux aux accents de rocaille, la voix flûtée de la secrétaire de l'agence pour l'emploi des Nord-Africains qui ne cesse de me harceler pour me placer ses chômeurs, ou celles, toujours obséquieuses, des représentants en coutellerie, jamais avares de boniments, pour me caser leur matériel.

Ces derniers temps, je me suis abonné à un journal très sérieux, *Combat*, pour m'informer du monde extérieur, mais concernant la Palestine, seules quelques brèves nouvelles mentionnent les tensions et les affrontements entre les communautés. Quant à l'Angleterre, au vu des pertes subies par son armée, elle s'interroge sur la pertinence de rester pour maintenir l'ordre. Ne vaudrait-il pas mieux plier armes et bagages pour laisser tous ces gens se débrouiller entre eux ?

Comme je suis à cran tout le temps, j'ai demandé à Mohamed d'arriver en avance pour préparer du café et du thé pour la réunion de cet après-midi. Il a accepté avec plaisir parce qu'il a l'âme légère depuis qu'il a trouvé à se loger. Il habite une chambre de bonne sous les toits d'un immeuble bourgeois, au centre de Paris, rue Étienne-Marcel. J'aime Mohamed car c'est un homme fidèle, sincère et bon. Il ferait, j'en suis sûr, un bon soldat pour la révolution.

Il m'accueille d'un large sourire et me tend un verre de thé à la menthe qui me réchauffe l'âme et le corps.

— Ça va, chef ?

— Ça va.

— Tu mens, ça ne va pas.

— Tu as raison. Ça ne va pas, Mohamed.

— Ça se voit encore plus qu'hier.

Mohamed a disposé dans le vestiaire une quinzaine de chaises, aligné deux bancs au premier rang. Il a aussi bourré le poêle de boulets de charbon et ramené le brasero de la réserve pour que les compagnons soient à leur aise.

Ils entrent à la suite l'un de l'autre, me saluant d'un tonique « *Salam alikoum* » auquel je réponds par une accolade. Le premier que j'embrasse est Zahir, le vieux cordonnier de la Contrescarpe, vêtu de sa blouse grise et coiffé de son béret basque. Il vient aux réunions comme on vient à l'école. Il écoute sans jamais oser poser de questions. Les autres sont costumés, rasés de frais, gominés. J'ai en commun avec eux d'être monté au feu contre les Allemands. Après la guerre, nous n'avons eu ni remerciements ni reconnaissance, pas même une petite breloque, pour dire... À la vérité, nous n'attendions rien et nous n'avons pas été déçus. Aux yeux des Français, nous sommes restés ce que nous n'avons jamais cessé d'être : des colonisés corvéables à merci. Mais là n'est pas le principal, ce qui nous rapproche et nous unit, c'est cette soif de justice et de liberté.

Nous ne voulons plus subir le Code de l'indigénat, que nous appelons le Code de la matraque, qui fait de nous des citoyens de seconde zone. Nous ne voulons plus quémander l'égalité des droits. Nous ne voulons plus être endormis par de belles promesses d'égalité et de fraternité. Nous voulons être maîtres de notre destin. Nous voulons être libres. Libres comme des Français. Nous savons que la route sera longue. Nous savons que nous en paierons le prix fort. Nous savons aussi que quelle que soit la longueur de la nuit, le soleil finit toujours par se lever.

Nous attendons les retardataires en prenant des nouvelles du pays. Certains passeront cet été quelques jours dans leur douar d'origine pour revoir femme et enfants. D'autres ne veulent pas repartir avant d'avoir fait fortune. Moi, je n'ai plus envie de revoir Bousoulem. Trop de mauvais souvenirs me pèsent sur le cœur. On discute de cette fin décembre pleine de pluie et de neige, du travail, des enfants, pour ceux qui en ont, ces banalités du quotidien qui font le sel de la vie. Zahir a un souci avec sa fille aînée. L'an dernier, elle a réussi son examen pour être dactylographe, mais à ce jour elle n'a pas trouvé de travail. D'après lui, c'est une jeune fille vive, intelligente, seulement elle ne porte pas le bon prénom : elle s'appelle Nour. Même en rêve, elle n'a plus d'espoir. Mohamed lui a dit que j'étais débordé de travail et que j'avais du mal à m'en sortir, alors peut-être que si... Il n'ajoute rien, laissant le conditionnel à la grâce de Dieu ou à moi, ce qui dans ce cas revient au même.

Ça fait plus d'une demi-heure que nous guettons les retardataires. Je ne peux plus faire attendre les autres.

Je commence. Le thème que j'ai choisi d'aborder cet après-midi est : « Une fois indépendante, voulons-nous une Algérie diverse ou voulons-nous rester entre musulmans ? »

Au premier rang, Boulkader, le gargotier de la rue Poliveau, lisse sa grosse moustache noire, hoche la tête : diverse, il ne saisit pas bien le concept.

— Musulmans, juifs, chrétiens, est-ce qu'on pourra vivre ensemble, une fois les rancunes jetées à la rivière ?

Je développe :

— Nous n'avons ni ingénieurs, ni professeurs de médecine, ni aviateurs, ni architectes. Rien. *Wallou.* Le peuple est analphabète ou illettré à plus de quatre-vingt-dix pour cent. Nos caïds sont des planches pourries et les hommes politiques algériens sont des paillassons sur lesquels l'administration coloniale s'essuie les pieds. Même libres, nous serons toujours dépendants de la France. Mon idée serait de faire des Juifs et des faux Français, les Italiens, les Maltais, les Espagnols, de vrais citoyens algériens pour profiter de leurs compétences.

Mouloud, le restaurateur de la rue de la Clef, s'agite sur sa chaise puis se dresse d'un bond.

— Tu es sérieux, Adam. Tu veux continuer avec ceux qui nous ont rabaissés plus bas que terre. Moi, jamais.

Il se tourne vers l'assistance en espérant un signe d'approbation mais rien ne vient. Ça papote ; oui, non, ça mérite réflexion. Mouloud se rassoit, dépité. Meziane, le maçon, se lève, se racle la gorge avant de prendre la parole.

— Avec les fortunes qu'ils ont amassées sur notre dos, ces gens-là ont fréquenté les meilleures écoles et sont devenus des « quelqu'un », alors que nous, nous sommes restés des pas-grand-chose, juste bons pour mourir pour la France. Devenir algériens, ça serait, pour eux, une façon de payer leurs dettes.

— S'ils ne veulent pas devenir algériens ? Lance Benzidou, contremaître dans le bâtiment.

— Dégage ! Ou on leur coupe la tête, réplique aussi sec Meziane en lorgnant vers les couteaux à découper les peaux.

Ça part dans tous les sens, comme chaque fois. Chacun y va de son couplet et de sa petite histoire personnelle. Celui-ci ne veut pas entendre parler des chrétiens parce que dans son douar, ils sont tous ouvertement racistes. L'autre n'aime pas les Juifs ; il les trouve arrogants depuis qu'ils ont les papiers français. La chikaya continue de plus belle. Mansour, l'épicier de la place Monge, élève la voix pour se faire entendre. Rien n'y fait. On ne le comprend pas. On ne le comprend d'ailleurs jamais. Il s'exprime dans un jargon incompréhensible où se tutoient l'arabe, le kabyle, du français cassé, ainsi que quelques mots inconnus à ce jour. On se dispute pour se réconcilier aussitôt sur le dos du colon. Au fond de moi, je sais que je prends autant de plaisir à organiser mes réunions pour réfléchir à l'Algérie de demain qu'à retrouver ces compagnons qui, à leur manière, portent en eux l'histoire et la mémoire de notre pays.

Je reprends la main pour changer de sujet, je parle de l'utilité de l'instruction obligatoire et gratuite afin que le futur citoyen algérien sorte de l'ignorance pour découvrir les lumières du savoir. Mohamed approuve car, dit-il, si on lui avait permis d'aller à l'école, il n'aurait pas le dos cassé à force de gratter les peaux de vaches penché sur le chevalet. Il serait dans un bureau, au chaud, avec le costume, la chemise blanche, la cravate, et il sentirait bon l'eau de toilette. Puis, il imagine les futures générations de garçons, le cartable à la main, entrant en rangs par deux dans ces temples de la connaissance.

— Il n'y aura pas que les garçons. Les filles aussi auront le droit d'étudier, Mohamed. Normal, non ?

Ça grommelle, ça fait la moue.

— Tu es sûr que c'est une bonne idée pour les filles ? Parce que dans mon village, quand les Françaises sont allées à l'école, après c'était fini. Elles font des zigzags et leurs maris ne peuvent plus les tenir, ajoute Boulkader.

Le téléphone sonne. Un dimanche après-midi, ça ne peut être ni les vendeurs de peaux, ni la secrétaire de l'agence pour l'emploi des Nord-Africains, ni les représentants. C'est Elvire, ça ne peut être qu'elle. Je grimpe les marches quatre à quatre jusqu'au bureau. Je m'éclaircis la voix avant de décrocher : Ô rage ! C'est Loucif, le poinçonneur des Lilas, qui d'une voix d'agonisant s'excuse ; il ne viendra pas. Il se sent fiévreux, c'est probablement la grippe qui lui est tombée dessus, et il se force à tousser. Viennent ensuite Salah, Areski, Abdelaziz, Saïd, Ahmed, Abdelmalek et toute la clique. Ils déclarent forfait en invoquant qui la neige, qui le verglas, qui l'auto qui ne veut pas démarrer, qui une fuite d'eau à réparer dans la cuisine, que sais-je encore. Je redescends consterné. Au pied de l'escalier, Boualem, le chauffeur de taxi, se désole de n'arriver que maintenant. Il rend responsables de son retard les difficultés de la circulation.

Ils sont tous agglutinés près du brasero à rire et à se chamailler. Mansour glousse aux blagues épaisses de Mouloud. Plus je regarde le vestiaire avec toutes ces chaises vides, plus je me demande pour qui et pour quoi je parle.

Je les interromps et reprends.

— C'est l'instruction qui permet d'avancer, c'est l'instruction qui fera de nous un peuple civilisé, c'est l'instruction qui fera de nous un peuple respecté. C'est l'instruction qui...

Je ne peux plus, je ne veux plus aller plus loin. J'ai le sentiment de perdre mon temps, de parler à une armée fantôme, de réciter des mots qui ne sont pas les miens mais ceux empruntés à d'autres révolutions.

— Qu'est-ce qu'il y a chef ? s'inquiète Mohamed.

Je les prie de s'approcher de moi.

— Vous êtes sept, avec Mohamed et moi, ça ne fait pas beaucoup pour changer le monde. Nous devions être une vingtaine pour réfléchir à notre avenir.

Je suis plein de colère, je m'anime et m'emporte :

— Qu'est-ce que l'engagement si aux premiers froids c'est la désertion des frileux ? Qu'est-ce que lutter pour un idéal si on abdique devant une voiture qui refuse de démarrer ? Qu'est-ce que l'abnégation si on ne sort pas de chez soi par peur de glisser sur une plaque de verglas ? Qu'est-ce que le dépassement de soi si au premier rhume on préfère garder le lit plutôt que se battre pour ses convictions ? Qu'est-ce que l'altruisme s'il est relégué après une fuite d'eau dans sa cuisine ? Je vous le dis tout net, mes amis, mes frères, mes compagnons, nous n'arriverons à rien sans efforts. J'ai la rage au cœur pour défendre mes idées, mais je ne suis pas prêt à me sacrifier pour des moudjahids en babouches. Nous devons nous unir, sinon des siècles de servitude nous attendent encore. Comme dit le proverbe de chez nous : « Dieu nous a donné des mains, mais ce n'est pas lui qui construit les ponts. »

Plus de voix. J'ai des suées. La tête me tourne. Boualem m'applaudit timidement, puis c'est Mohamed et tous les autres qui m'approuvent.

Mouloud promet de ramener, par la peau du dos s'il le faut, les déserteurs de décembre et l'on se sépare en se donnant rendez-vous pour une autre réunion.

— Qu'est-ce que tu fais maintenant, chef ? demande Mohamed en rangeant le vestiaire.

— Je vais rentrer rue Mouffetard.

— Tu es seul, je suis seul, viens chez moi, j'ai cuisiné une petite chorba avec beaucoup de coriandre, ça va nous faire du bien.

Sur le chemin de la gare, il me prend par le bras et tout bas, comme une confession, il récite :

C'est un trou de verdure où chante une rivière
Accrochant follement aux herbes des haillons
D'argent ; où le soleil, de la montagne fière,
Luit : c'est un petit val qui mousse de rayons.

Il a appris la première strophe du *Dormeur du val* la nuit dernière et ne désespère pas de connaître ce poème par cœur avant la fin de l'année.

— Ces mots ne sont pas nos mots mais ils sont beaux, ils sont d'Arthur Rimbaud.

Mohamed acquiesce, sourit, et soudain il fait très beau.

17

Ce matin, la boîte aux lettres déborde de courrier : des factures, de la réclame, ainsi que *Combat* que je ne prends plus le temps de lire. Et, comme un miracle dans ce fatras de papiers, une enveloppe sépia dont je reconnais l'écriture : au dos, une phrase, « pourvu qu'elle t'arrive mon bien-aimé ». Elvire, ma chère Elvire, vite, comment vas-tu ?

Mon cher Adam,

Je t'ai écrit je ne sais combien de fois rue Mouffetard, mais toutes mes lettres me sont revenues. À vrai dire, je crois qu'elles ne sont même jamais parties de la poste d'Hurva. Cette fois, j'essaie à la tannerie : inch Allah ! Je t'entends déjà me reprocher de ne pas te téléphoner ; ça n'est pas ma volonté. Les lignes sont sabotées régulièrement, et au vu du désordre qui règne ici, ce n'est pas demain la veille qu'elles vont être réparées. À mon tour de te reprocher de ne jamais m'écrire. À croire que je ne te manque pas. Mon cher Adam, il s'est passé tant de choses depuis tous ces mois. Je vais te résumer la situation au moment où je t'écris. D'abord mon père. Je sais que tu vas être déçu, car à ce jour, il va bien. Trop bien. Tant mieux pour lui. D'après le docteur, avec l'aide de Dieu et de son traitement qui lui soulage le cœur, il pourrait faire un beau centenaire. Samuel. Il est méconnaissable depuis qu'il porte la redingote qui bat les chevilles et le grand chapeau noir. Il s'est affublé de papillotes comme nos orthodoxes. Il continue de fréquenter de très près sa Polonaise. À mon avis, ils ne vont pas tarder à se marier, ces deux-là. Tu vas rire, mais ce matin, j'étais dans le jardin à prendre un bain de soleil, les mollets et les bras nus, lorsqu'il a surgi comme un diable. Il m'a traitée d'indécente et a exigé que je couvre ma peau. Je te l'ai envoyé promener aussi sec. Quand je pense qu'il n'y a pas si longtemps, il se frottait contre moi comme un vieux bouc en chaleur. La religion lui a monté à la tête comme à beaucoup dans le quartier. David. Tu sais, c'est le rescapé qui ressemblait à un homme de Cro-Magnon lorsque Samuel nous l'avait ramené à la maison. Je t'en avais parlé dans la seule lettre qui ne me soit pas revenue. Il s'est rasé la barbe pour ne garder qu'une fine moustache et une barbichette. C'est plutôt un bel homme qui se laisse regarder. On dirait Buffalo Bill. Évidemment, je ne le compare pas à toi, puisque à mes yeux tu es incomparable. Avant de se faire rafler par la Gestapo à Versailles où il habitait, il avait un atelier de confection de costumes pour le théâtre et le cinéma. Il a habillé Gérard Philipe, Danielle Darrieux, Odette Joyeux et tant d'autres. Ça nous fait des sujets de conversation. Nous en avons besoin pour nous évader de notre quotidien où il n'est question que d'attentats et de ce nouveau pays à construire.

Parlons de nous à présent, c'est le plus important. J'ai bien réfléchi – j'ai du temps pour ça –, il faudrait que l'on trouve une solution pour la tannerie car la situation ne peut plus durer, et pour toi, et pour moi. Je vais être franche, je pense qu'il vaudrait mieux la vendre car je ne me vois plus la diriger. Je l'ai gardée et me suis démenée sans compter parce qu'elle comblait le manque laissé par mon père. Maintenant que je suis près de lui, je réalise que je peux très bien m'en passer. Si tu as envie de continuer à t'en occuper, ce n'est pas un problème, c'est toi qui vois. Bien sûr, ce n'est qu'un projet qui demande réflexion et surtout ton accord. Rien ne presse. Mais je me suis renseignée auprès d'un notaire qui a des contacts en France, on pourrait en tirer un bon prix. On garderait le logement de la rue Mouffetard et j'achèterais une petite maison loin de l'ambiance électrique de Jérusalem. C'est l'idée que je me fais de notre bonheur. J'ai visité avec Samuel et David des villages charmants près d'une oasis de rêve. On vivrait une partie de l'année à Paris, l'autre en Palestine. Ce serait merveilleux. On aurait enfin une vie paisible.

La belle vie, quoi ! Qu'en dis-tu mon bien-aimé ? Nous sommes mi-mars et mon Dieu que ce pays est beau avec ses soleils mûrs comme des citrons d'été, son ciel d'un bleu de carte postale et son désert où rien n'arrête le regard. Je ne trouve pas d'autres mots pour te décrire cette splendeur. Je vais voir avec David s'il peut s'occuper de mon père le temps de faire un aller-retour. Si ça n'est pas possible parce qu'il refuse d'être sous sa surveillance, en juillet, mets les ouvriers en congé et rejoins-moi. Je louerai une chambre dans un hôtel sur la mer Morte et nous rattraperons tout ce temps perdu.

Je crois que je pourrais t'écrire des pages et des pages car j'ai l'impression d'être avec toi. Je ne sais si cette lettre va me revenir comme toutes les autres, mais t'avoir écrit m'a fait du bien. C'est déjà ça. Il me tarde de te revoir et de te serrer dans mes bras, mon très cher Adam.

Elvire qui ne pense qu'à toi.

Cette lettre rejoint, dans le tiroir du bureau, les autres que je lui ai adressées et qui me sont revenues pour cause d'Orient compliqué.

Cette lettre ne m'émeut pas, ne me trouble pas, elle m'agace. Mieux, elle m'énerve. Elvire me demande de réfléchir pour la tannerie.

Réfléchir à quoi ?

Cette tannerie sans elle n'a plus de cœur, plus d'âme, elle n'est qu'une punition. Elle veut vendre pour que nous vivions entre la France et les oasis de

Palestine. Je ne rêve pas d'une vie paisible à vacancer d'un pays à un autre. Quand je ne pense pas à elle dans la nuit, je rêve les yeux grands ouverts d'avoir gagné mon combat pour la liberté. Parfois, je me dis que j'ai de l'argent, et qu'ici en métropole je peux circuler où bon me semble, quand je le veux, que je n'ai de comptes à rendre à personne et que cela suffirait à rendre heureux plus d'un Français, mais je ne peux oublier d'où je viens ni qui je suis.

Tu as raison chère Elvire, je vais suivre ton conseil, si tu n'es pas bientôt de retour, je fermerai la tannerie en juillet et je viendrai te voir, non pas pour rattraper le temps perdu, il ne se rattrape jamais, mais pour que nous nous expliquions sur l'idée que nous avons du bonheur en commun. En attendant ce jour, je vais te répondre, à la seconde, avant que ma colère ne retombe.

Le stylo-plume et le bloc de papier sont devant moi, je prends une feuille et j'allume une cigarette.

Ma bien chère Elvire,

« Ma bien chère », ça ne va pas. Cette lettre ne doit pas être écrite sur le ton d'une nouvelle déclaration d'amour. Elle doit être à la mesure de mon dépit : rugueuse, claire, concise.

Chère Elvire,

Il faut que tu saches, même si cela te fâche...

On frappe à la porte. Je ne réponds pas. Ce doit être Gaston qui vient encore se lamenter ou cafter un de ses collègues qu'il estime incompétent ou feignant. Je me demande s'il n'a pas été un peu collabo durant la guerre. Je retire cette idée stupide de ma tête car aucun Allemand n'aurait accepté les services d'un type aussi capon que lui. Ça y est, cet imbécile m'a fait perdre le fil de ma pensée.

Chère Elvire,

Il faut que tu saches, même si cela te fâche...

De nouveau quelques petits coups secs. Suffit, Gaston. Cette fois-ci, il va m'entendre. J'écrase ma cigarette dans le cendrier. Je file à grands pas jusqu'à la porte, j'ouvre brusquement. Une jeune fille est là, devant moi, qui se tient raide avec son petit sac à la main. Elle a l'air d'avoir quinze, seize ans, pas plus. Elle porte un ciré jaune avec un foulard du même jaune qui encadre son visage d'adolescente. Elle me regarde de ses grands yeux verts marqués par une nuance de tristesse, comme si à son âge la vie lui avait déjà volé son innocence.

— Bonjour, dit-elle d'une voix hésitante. Je suis Nour, la fille du cordonnier.

— Le cordonnier ?

— Zahir, le cordonnier.

— Zahir, bien sûr... un ami, un compagnon.

Elle sourit à demi. M'explique que, malgré tous ses efforts, elle ne trouve pas de travail. Son père l'a envoyée avec l'espoir qu'elle me serait utile pour quelques heures par semaine. Elle jette un regard circulaire par-dessus mon épaule pour jauger de l'état du foutoir du bureau.

— Pourquoi je devrais vous embaucher, jeune fille ?

— Je suis jeune mais je ne suis plus une fille, j'ai dix-huit ans, monsieur Adam.

Elle lève les yeux sur moi, me regarde franchement.

— Vous devez m'engager parce que vous avez besoin de quelqu'un pour vous aider et moi j'ai besoin de travailler pour aider mon père. Voyez, nous avons besoin l'un de l'autre.

— Pourquoi aurais-je besoin de vous ?

— Vous avez quelqu'un d'autre que moi pour mettre en ordre votre bureau ? Vous avez quelqu'un d'autre pour taper votre courrier et répondre au téléphone ?

Elle dégage tant de vitalité, tant de charme malgré ses beaux yeux tristes que je m'avoue vaincu. Elle promet qu'elle ne me décevra jamais.

Ah ça, pour une nouvelle, c'en est une bonne, se réjouit-elle. Quand elle va l'annoncer à son père en rentrant, ils vont célébrer l'événement avec un couscous royal et des pâtisseries de chez nous dont elle se prétend experte. Elle veut débuter tout de suite. Afin que tout soit clair entre nous, je lui précise qu'il s'agit d'un emploi précaire, de quelques semaines au mieux, car à ce jour je ne sais pas ce qu'il adviendra de l'avenir de cette tannerie. Elle accroche son ciré au portemanteau, ôte son foulard, et c'est une cascade de cheveux roux qui coule sur ses épaules. Elle fait le tour de la pièce en examinant chaque recoin. Elle renifle, trouve que ça sent fort le tabac et ouvre la fenêtre pour aérer. Elle passe l'index sur les étagères empoussiérées. Un courant d'air emporte la lettre d'Elvire jusqu'à la porte d'entrée. Elle la ramasse et la replace entre mon paquet de Craven A et mon stylo-plume. Bilan de son tour de piste, elle pense qu'il faut commencer par le commencement : un grand ménage. Je lui montre le petit placard, près du radiateur, où il y a le nécessaire de nettoyage et je retourne à mon bureau. Je rallume une cigarette, me prends la tête en étau entre mes mains pour me concentrer.

Chère Elvire,

Il faut que tu saches, même si cela te gâche...

Te gâche. Non, ça ne va pas, je ne suis pas avec moi-même. Je rature.

Il faut que tu saches, même si cela te fâche...

Cette fille m'énerve à bouger partout et à fredonner *L'Accordéoniste,* une chanson que j'avais écouté un soir de cafard dans un bar de la rue Mouffetard et qui m'était restée en tête durant des semaines. C'était une petite chanteuse menue dans une robe noire, à la gueule cabossée, qui s'arrachait le cœur à pleurer que *La fille de joie est triste, au coin de la rue là-bas. Son accordéoniste, il est parti soldat.* Ça m'avait bouleversé cette histoire de putain et d'amant musicien, parce que pour un instant m'était revenu le visage de Zina. Elle attendait là-bas, à Bousoulem, depuis des mois et des ans, que je revienne de guerre.

— Vous n'avez pas l'air d'être très inspiré, monsieur Adam ?

— Je réfléchis.

— Pardon de vous avoir dérangé. *La fille de joie est seule, au coin de la rue là-bas...* Vous connaissez Édith Piaf ? C'est une nouvelle chanteuse. J'aimerais bien la voir, un jour.

Je ne réponds pas. Elle continue de chanter puis s'arrête soudain.

— Qui est-ce ? demande-t-elle.

Je me retourne. Elle tient dans sa main le petit cadre doré qu'elle nettoie méticuleusement.

— Elvire, je marmonne.

— C'est qui Elvire ?

— La fille du patron.

— Je croyais que c'était vous, le patron.

Elle regarde la photo de près et fait la moue.

— Elle ne vous plaît pas ?

— Si, si...

Elle a dit si, si, comme si elle pensait tout le contraire. Elle est là depuis un quart d'heure et déjà tout m'exaspère en elle. Sa robe vichy trop moulante au-dessus du genou, ses cheveux longs caressant ses hanches comme une provocation, et sa voix de casserole aux antipodes de celle pleine de gravité d'Elvire. À tout prendre, je préfère le désordre de mon bureau que de la supporter une journée de plus. Je ne vais pas la garder. Ce soir, je lui dirai qu'elle ne fait pas l'affaire, puis je m'excuserai auprès de Zahir.

Elle repose le petit cadre doré sur l'étagère et chante tout bas comme pour ne pas me déranger :

Ça lui rentre dans la peau, par le haut, par le bas. Elle a envie de chanter, c'est physique...

Chère Elvire,
Il faut que tu saches, même si cela te fâche...

18

Nour me seconde depuis un mois et je ne le regrette pas. Heureusement que je ne l'ai pas remerciée après sa première journée de travail, bien qu'elle m'ait usé les nerfs en continuant de chanter, de s'agiter beaucoup trop et de ne cesser de me poser un tas de questions qui m'avaient empêché de finir la lettre à Elvire.

Êtes-vous marié ? Pas d'enfants, donc ? Vous êtes né où ? Vous habitez où ? Quel âge avez-vous ? À cette dernière question, j'avais répondu : trente ans. Demain.

— Demain. Mais c'est demain !

Pourquoi avais-je ajouté « Demain » ? Je me le demande encore aujourd'hui. Car à la vérité, il n'y avait pas plus de demain, d'hier ou d'après-demain. Je suis né présumé, comme tous les enfants de Bousoulem. Notre date de naissance dépend des déplacements de l'agent de l'état civil de la mairie d'El Kseur à laquelle nous sommes rattachés. Il arrive que, pressé de repartir de mon village perché aux portes de l'enfer, il se trompe et élève au rang d'aîné d'une fratrie un cadet présent le jour de son furtif passage. Il arrive aussi que sur ordre des pères, il ne déclare pas les filles pour qu'ils puissent s'en débarrasser dès leurs premières règles. Si bien qu'à la saison des amours, on assiste à des mariages où des femmes-enfants n'ont guère plus de treize, quatorze ans. Celles qui saignent sur le tard sont mises au rancart dans l'attente d'un prince charmant d'occasion ou d'un époux d'une autre femme dépréciée. Enfin il se peut, mais c'est rare, que certaines filles ne trouvent jamais preneur et demeurent à jamais des culs desséchés. Me concernant, l'agent de l'état civil a estimé ma naissance en 1918 parce que mon père est revenu de la Grande Guerre fin 1918.

Le lendemain Nour est arrivée au bureau à la première heure avec un carton à gâteaux. Il y avait des makrouts, de zlabyettes, des cornes de gazelle et une énorme bougie sur laquelle elle avait inscrit au crayon noir : 30.

Comment voulez-vous renvoyer une jeune femme attentionnée à ce point ?

Depuis qu'elle est là, je ne m'égare plus dans les travaux de bureau fastidieux qui me ruinaient le moral. Je peux désormais prendre quelques heures par semaine pour discuter avec les ouvriers de ce qu'il convient de faire pour améliorer le fonctionnement de la tannerie. Gaston reconnaît à contrecœur que ces échanges entre nous ne sont pas vains, même si avec M. Bergman c'était autre chose.

Lucien traîne dans mes pattes depuis quelques jours. Je sens bien qu'il cherche à accrocher une discussion qui n'a rien à voir avec le travail mais qu'il n'ose pas. Ce matin, il est encore à tourner autour de moi.

— Un problème ? Je peux t'aider ?

Il lorgne là-haut, dans le bureau, à travers la baie vitrée, Nour derrière sa machine à écrire qui tape un courrier.

— Elle a de beaux cheveux roux. Vous ne trouvez pas ?

Je confirme.

— Elle a la peau bien blanche, aussi.

— Tu veux dire pas basanée comme la mienne.

— Je ne voulais pas vous vexer, chef. Elle a les yeux verts comme la mer, aussi.

— La mer est bleue, Lucien.

— Je ne sais pas. Je n'y suis jamais allé. Elle est gironde, aussi.

— Gironde ?

Il mime de généreuses formes féminines.

— Samedi soir, c'est la nuit de la java au Balajo. J'aimerais l'inviter mais j'ai peur qu'elle refuse.

— Tu veux que je fasse l'entremetteur ?

— C'est quoi l'entremetteur ?

Nour sort du bureau, fait de grands signes de la main en hurlant pour couvrir le bruit assourdissant des machines :

— La dame dit que c'est pressé.

J'enfile les marches à toute allure.

Nour me tend l'appareil. Il y a des grésillements, un sifflement aigu et, enfin, Elvire. Elle force la voix pour dire qu'elle téléphone d'un café en face du musée de Tel-Aviv et qu'il faut qu'elle se dépêche de me parler car elle craint d'être coupée à tout moment. Voilà. Elle a fait le déplacement avec quelques jeunes gens du quartier d'Hurva parce qu'il se dit depuis une semaine qu'aujourd'hui, 14 mai, sera peut-être une grande date pour les Juifs. C'est de cette ville que Ben Gourion devrait annoncer un événement de la plus haute importance.

— Ben qui ? Qu'est-ce que tu me racontes ? Je ne comprends rien. Quand est-ce que tu rentres ?

L'histoire se vit au présent dans ce pays, poursuit-elle en parlant de plus en plus fort. Les Anglais vont quitter la Palestine et nous déclarerons l'indépendance. L'État qui naîtra s'appellera Israël.

À mon tour, je hausse le ton :

— Je ne vais pas t'attendre indéfiniment ! Tu dois rentrer pour t'occuper de ta tan...

Elle m'interrompt :

— Pour la tannerie, ma décision est prise.

— Quelle décision ?

— Je t'expliquerai.

— Tu rentres quand ?

Plus de grésillements. Plus de sifflements. Plus d'Elvire. C'est le grand blanc au bout du fil.

— Merde ! Merde ! Merde !

Nour a arrêté de taper son courrier et me regarde, les yeux écarquillés. J'allume une cigarette, la fume nerveusement. Je ne sais pas si c'est Elvire que je dois maudire ou ce foutu téléphone.

— Il ne faut pas vous mettre dans cet état, monsieur Adam. Vous vous faites du mal.

Je prends ma veste, mon paquet de Craven A ; arrivé sur le pas de la porte elle m'interpelle :

— Vous allez où, monsieur Adam ?

— Besoin d'air. Respirer pour me calmer.

— N'oubliez pas que vous avez un rendez-vous à cinq heures avec le représentant des coutelleries de Picardie. Vous avez deux heures pour vous calmer, monsieur Adam.

— Annulez. Dites que j'ai un contretemps, que je le verrai plus tard.

— Très bien, monsieur Adam.

— Monsieur Adam à chaque fin de phrase, ça fatigue. Vous pouvez vous en dispenser.

— Je ne vais quand même pas vous appeler Adam.

— Si, Adam, ce sera parfait. Ne changez plus rien.

Lucien est dans la cour, les mains dans les poches et le mégot au coin des lèvres. Je dois avoir l'air d'une humeur de chien car, après s'être avancé vers moi, il fait demi-tour.

19

Les factures et la comptabilité sont à jour, quant aux commandes elles affluent tant et plus chaque semaine. Cela n'est pas de mon fait mais de celui de Nour qui gère l'affaire d'une main de maître. De mon côté, je profite de son talent d'ordonnatrice pour me mettre en retrait. Il m'arrive de prendre quelques heures pour me rendre chez les bouquinistes des quais de Seine, j'achète des livres d'occasion sur les mécanismes menant à l'émancipation des peuples soumis à l'arbitraire. C'est une manière d'échapper au quotidien de la tannerie et d'essayer d'oublier – mais je n'y arrive pas – Elvire. Je la sens toujours là, comme une ombre qui me suit pas à pas et me nargue. J'ai lu dans *Combat* que les musulmans et les chrétiens ont rejeté la partition de la Palestine. Aidés de l'armée transjordanienne, ils ont déclaré la guerre au nouveau pays juif ; celle-ci pourrait durer cent ans. Les armées arabes ont été défaites et on ne compte plus les morts dans chaque camp. Des centaines de milliers de Palestiniens ont pris les routes de l'exode pour échapper aux combats ou ont été expulsés de leurs villages par les forces juives.

Un mort, des morts, toujours la mort. Elvire, qu'est-ce qu'elle fabrique dans cet Israël ? Peut-être est-elle morte elle aussi ? me suis-je demandé en refermant mon journal. J'ai chassé ce sombre tableau en espérant que demain un nouveau soleil se lèverait et que l'Orient compliqué me la renverrait.

Les semaines, les mois ont filé, elle ne m'a pas rappelé, je n'ai pas non plus reçu de lettre. Nous sommes le 2 novembre 1948 et je n'irai pas plus loin. À la fin de l'année, je fermerai sa tannerie et je tournerai le dos à ces années où nos solitudes ont fait quelque chose qui ressemble à de l'amour. Pour l'effacer de ma mémoire, je poursuivrai ma quête de liberté pour que, moi aussi, un jour, j'aie un pays neuf, car comme le disait Don Quichotte à sa vieille Rossinante : il y a toujours de l'avenir pour ceux qui croient en l'avenir.

— Vous êtes encore dans la lune, Adam ?

— Je pense.

— Vous pensez en fumant beaucoup. Ce n'est pas bon pour la santé. Enfin, je dis ça, je dis rien.

— Mais tu le dis quand même.

— Vous m'avez tutoyée. Vous pouvez continuer, ça ne me gêne pas, bien au contraire.

Nour sourit la main devant sa bouche comme une enfant. Cette fille est une bénédiction. Il suffit que je la regarde ou que je l'écoute massacrer les chansons d'Édith Piaf pour qu'un coin de lumière paraisse dans les cieux monotones de l'hiver.

— C'est Mme Elvire qui occupe votre esprit ?

J'approuve d'un vague hochement de tête. Nour a découvert l'existence de ma relation avec Elvire en rangeant mon bureau. Je l'avais surprise en train de lire une de mes lettres où je lui avouais que je me languissais d'elle et que chaque jour de son absence était un jour inutile. Furieux qu'elle soit entrée par effraction dans mon intimité, je l'avais congédiée sur-le-champ. Il n'avait pas fallu attendre longtemps pour que je croule sous le poids des charges ingrates des corvées de bureau. J'avais pris Zahir à part, après une de nos réunions, et l'avais supplié de demander à sa fille de venir reprendre sa place.

Un de ces soirs, elle m'avait vu plus mélancolique que d'habitude et s'était approchée de moi pour savoir si j'aimais toujours Elvire. J'avais répondu que je ne lui pardonnais pas de m'avoir lâché pour son père et maintenant pour son Israël. Elle la comprenait très bien. Si elle avait eu à choisir entre un amant et sa mère, elle aurait fait de même. Nour avait besoin de parler d'autre chose que de la tannerie qui lui mangeait ses heures, du petit jour à la tombée de la nuit. Elle était née dans un de ces bidonvilles pour pas-grand-chose sur les hauteurs d'Alger. Son père tenait une petite échoppe à la basse casbah où il rafistolait les savates des pauvres parmi les plus pauvres. Sa mère faisait des ménages chez un Français, veuf, policier, logeant au dernier étage d'un appartement sur le front de mer. Elle m'avait montré l'unique photo qu'elle possédait d'elle. C'était un portrait cadré au plus près de son visage. Nour lui avait tout pris, son front haut, ses lèvres ourlées mais pas trop, ses cheveux ondulés que je devinais roux, et au fond des yeux, il y avait la même petite lueur de tristesse.

Un jour, elle vint la chercher, comme ça lui arrivait souvent, car c'était son plaisir que d'entrer dans l'immeuble bourgeois, d'admirer le vaste hall de marbre aux frises dorées courant tout autour du plafond, d'allumer puis d'éteindre le grand lustre aux centaines de pendeloques de cristal. Avant de monter, elle se déchaussait pour ne pas souiller le tapis rouge recouvrant l'escalier, et elle se tenait à distance de la rampe de cuivre pour ne pas laisser l'empreinte de sa petite main. Quand elle fut devant la porte du policier, elle entendit des cris. Elle tourna la poignée et s'avança, le cœur battant, vers la chambre au bout du couloir. Ce n'étaient plus des cris qu'elle entendait désormais, mais la voix implorante de sa mère. Elle poussa la porte entrebâillée et surprit le policier, pantalon sur les chevilles, les fesses nues, son pistolet braqué sur la tête de sa mère agenouillée devant lui. En découvrant l'enfant saisie de stupeur, il se rhabilla, sa mère en profita pour se dégager et toutes deux se sauvèrent. Elles dévalèrent l'escalier si vite que sa mère se prit les pieds dans sa robe qu'elle n'avait pas eu le temps de rajuster et chuta lourdement sur la tête. Elle perdit connaissance, agonisa la nuit dans un dispensaire pour indigènes et rendit l'âme à l'aurore. Nour avait alors huit ans. Après les funérailles, elle accompagna son père empli de chagrin au commissariat pour déposer plainte. On leur rit au nez. Ils repartirent humiliés et salis comme l'avait été la pauvre femme de ménage. Nour comprit ce jour-là que pour la police française elle n'était pas une pas-grand-chose mais une moins-que-rien.

Depuis ce drame, dès qu'elle voit un policier, la nausée lui monte au cœur. Elle préfère changer de trottoir. Son père voulut partir loin de son pays où la vie de sa mère ne valait pas mieux que celle d'un chien de rue. D'aucuns lui avaient dit qu'en métropole l'esprit colonial n'était pas de mise et, pour peu que le bicot se tienne à carreau, il pourrait se faire une petite place au soleil. Zahir vendit son échoppe. Avec le petit pécule qu'il en avait tiré, il traversa la mer pour mettre sa fille à l'abri des petits Blancs d'Algérie toujours au-dessus des lois.

De train en train, de ville en ville, ils trouvèrent à Paris, au sommet de la rue de la Montagne-Sainte-Geneviève, un autre gourbi dans un fond de cour où Zahir continue de ressemeler des souliers, de Parisiens cette fois.

Ce même soir où le cafard n'en finissait pas de nous inonder, nous sommes sortis pour voir les belles lumières multicolores de la ville, les féeries de Noël aux vitrines des magasins et des gens heureux.

Nous avons dîné au Café de la Paix, sur la place de l'Opéra. Nour n'était jamais entrée dans ce genre de restaurant où les serveurs en long tablier blanc, impeccablement rasés et peignés, vous donnent de la Madame, du Monsieur, avec un sourire aimable. Nous avons pris un bœuf mironton ; on ne savait pas ce que c'était, mais le nom nous avait amusés. Nour parlait de tout et sans arrêt. Elle évoquait avec nostalgie son enfance pouilleuse mais joyeuse dans son bidonville, ne terminait pas sa phrase et sautait à un autre sujet. Tiens, elle raffolait des belles tenues et rêvait d'être mannequin. Les samedis d'ennui, elle se rendait aux Galeries Lafayette pour essayer des robes, des chapeaux, des tailleurs de grands couturiers. Pour quelques heures, elle était la reine du monde. Puis son sourire s'était effacé et la tristesse avait repris le dessus. Elle songeait à son père qui avait quitté ses amis, sa casbah et s'était sacrifié pour qu'elle ait un avenir. Elle n'aurait jamais assez de sa vie pour lui rendre tout le bien qu'il lui avait fait. Dans les plus sombres de ses pensées, c'était son avenir qui l'angoissait, parce qu'elle ne s'en voyait aucun, ni ici, ni en Algérie, ni ailleurs. Elle ne voulait pas se marier, pas avoir d'enfants, pas avoir de logement, elle voulait vivre vite et fort. Elle avait souri. C'était un sourire à blanc pour cacher sa peine à vivre. Je lui avais suggéré de sortir danser avec Lucien le samedi soir, car il en mourait d'envie. Elle le savait parce qu'il n'était pas un jour sans qu'il n'essaie de l'embarquer dans des conversations auxquelles elle ne donnait pas suite après lui avoir offert un sourire poli.

— Lucien est un brave garçon sympathique. À l'écouter c'est un sacré danseur. Je suis sûr que vous vous entendrez bien.

Nour avait froncé les sourcils et son visage s'était assombri.

— N'insistez pas. C'est sans issue avec lui.

Elle s'était aussitôt excusée d'avoir élevé la voix, puis elle avait dégagé une mèche de cheveux tombée sur son visage. Un ange était passé, puis d'autres. J'évitais de croiser son regard car cela me dérangeait, ou plutôt cela me troublait. Oui, Nour me troublait. Elle ne ressemblait en rien à Zina, pourtant tout en elle me la rappelait.

Lorsque nous sommes sortis du restaurant, était placardée sur une colonne Morris une affiche en noir et blanc d'Édith Piaf annonçant son prochain tour de chant à l'Alhambra à partir du 20 décembre et jusqu'au nouvel an, avec prolongation si le succès était au rendez-vous. Nour s'était plantée devant l'affiche les poings sur les hanches, le buste légèrement penché en avant et la bouche grande ouverte comme son idole. Quand elle avait eu fini de la singer, elle m'avait demandé pourquoi j'étais sur les nerfs lorsque je l'entendais chanter ses chansons. J'avais préféré ne pas répondre. Je l'avais raccompagnée jusqu'à la rue de la Montagne-Sainte-Geneviève. On s'était dit à demain en se serrant la main. C'était la première fois que je touchais sa peau. Elle était douce comme elle.

À chaque nuit suffit sa peine. Je n'avais pas envie de rentrer chez moi pour cohabiter avec le fantôme d'Elvire, alors j'avais poursuivi dans la nuit froide de décembre. J'étais retourné sur mes pas pour écouter de la musique dans un bistrot, derrière la place d'Italie, tenu par un gars originaire de Staoueli, une station balnéaire près d'Alger. Des ouvriers de l'industrie de l'automobile ou du bâtiment, musiciens d'un soir, s'y produisaient pour arrondir leurs fins de mois. La clientèle était composée de vieux immigrés retraités qui n'avaient plus la force de faire le voyage à l'envers, de jeunes tout juste arrivés du pays en quête de travail à la petite semaine, de margoulins à l'affût de la bonne arnaque et d'alcooliques ventousés au bar qui, à cette heure avancée de la nuit, ne s'appartenaient plus. Je m'étais attablé dans un coin, près du poêle à charbon, et buvais un thé à la menthe. Sur le coup de minuit, un chanteur chétif et osseux, perdu dans une grande canadienne élimée aux coudes, avait pris la relève des ouvriers musiciens sans talent. Personne ne lui avait prêté attention. Il s'était présenté en chuchotant son nom, comme pour ne pas déranger ; il s'appelait Slimane Azem. Il avait gratté quelques notes sur sa guitare pour chauffer ses doigts, puis il avait chanté et tout le monde s'était tu. Il disait l'exil, la solitude, les pâles soleils, les peines de cœur, les bleus à l'âme, le temps qui passe et la terre natale qu'on ne peut oublier. Ce genre de chansons que tous les déracinés appréciaient, parce qu'à fuir un avenir sans lendemain, ils trouvaient refuge dans les mots de leurs vertes années. Soudain, les pin-pon d'un fourgon de police avaient couvert la voix du chanteur. Ils étaient entrés la matraque à la main, bousculant tout sur leur passage. Des voisins s'étaient plaints de cette musique de barbares qui les empêchait de trouver le sommeil. Ils avaient emmené les récalcitrants et les margoulins, et avaient brisé la guitare du chanteur car il tardait à présenter ses papiers. Comme j'avais pris sa défense, on m'avait embarqué dans le même panier à salade. On nous avait enfermés dans une cellule du sous-sol du commissariat avec d'autres oiseaux de nuit. Le chanteur avait l'habitude de finir au poste, c'était le tribut à payer à trop fréquenter les cafés arabes pour gagner sa vie. Ce qui nous avait rapprochés l'un de l'autre, c'était la guerre. Il avait été mobilisé en 1939, comme moi, il avait connu la débâcle de la drôle de guerre, comme moi, il s'était rendu à l'ennemi, comme moi. Ce qui nous différenciait, c'était qu'il avait eu la chance d'être fait prisonnier en Allemagne, tandis que j'avais connu les affres des camps de prisonniers pour soldats coloniaux en France.

Au matin, un policier m'avait extrait de la cellule pour me présenter au commissaire, un jeune homme au teint de brique, avec deux petits yeux bleus et des mains larges comme des battoirs. Il menaçait de me traîner en justice pour rébellion à agent. J'avais répondu que ça ne me faisait ni chaud ni froid parce que j'en avais vu d'autres. Il était devenu écarlate, prêt à éclater. Il avait brandi son poing comme pour me frapper : « Je vais t'envoyer derrière le soleil, sale bicot », qu'il hurlait.

Je lui avais souri, un grand et large sourire avec les yeux, avec les dents.

— Tu me provoques, sale bougnoule.

— Bicot, bougnoule, monsieur le commissaire a du vocabulaire.

Il s'était jeté sur moi et m'avait envoyé derrière le soleil.

Au sortir du commissariat, Slimane Azem m'attendait, la mine aussi grise que ce petit matin. Il m'avait tendu son mouchoir, je m'étais essuyé le sang qui filait de ma lèvre. Je lui avais proposé de venir à une de mes réunions. Il avait répondu : *Inch Allah.* Je ne l'ai jamais revu.

20

Mohamed m'a invité à réveillonner avec lui. C'est une nouveauté pour lui, car au pays il n'a jamais fêté le nouvel an que nous considérons comme chrétien. J'ai apporté un litre de limonade, des oranges, ainsi que des *s'fendjs* que j'ai achetés chez un boulanger arabe à l'angle de la rue Française et de la rue Tiquetonne. Pour m'être agréable, Mohamed a cuisiné des *osbanes*, un plat que seuls les Kabyles dont l'estomac est de plomb savent digérer. Ce sont des boulettes de semoule compactes, baignant dans un bouillon de légumes et de graisse de mouton. Avant de passer à table, nous nous sommes souhaité une bonne année, une bonne santé, des mots qui sonnaient creux dans nos bouches car nous avions conscience d'être ridicules à imiter les Français. Mohamed a ajouté, et là son visage s'est soudain assombri, qu'il ne désirait rien de plus que de retourner dans son village cet été pour retrouver les siens, puis nous avons attaqué les *osbanes*. Mohamed a calé après deux boulettes, moi je me suis forcé à finir mon assiette pour ne pas le froisser. J'ai ensuite divisé un *s'fendj* en deux car nous n'avions plus de place pour rien. Lorsque j'ai voulu décapsuler mon litron de limonade, Mohamed a retenu ma main : il avait mieux en réserve. Il a sorti du placard, sous la pierre de l'évier, deux bouteilles de Mascara. Pour une surprise, c'en était une, car je ne l'imaginais pas buveur de vin. À la tannerie, je ne l'avais jamais vu boire autre chose que de l'eau et du café.

— Qu'Allah me pardonne, a-t-il dit en débouchant une bouteille. J'ai commencé à pécher il y a un mois. Je n'ai pas trouvé meilleur remède que le vin pour lutter contre le mal de mes enfants, le mal de ma dame, le mal de ma maison. Et toi chef, tu as déjà bu, c'est sûr ?

Je me suis souvenu que la première fois que j'avais bu, c'était à El Kseur. J'allais sur mes treize ans. J'avais volé le verre d'anisette d'un roumi sommeillant à la terrasse de La Belle Équipe. J'avais avalé d'un trait le liquide blanc, fort, sucré, puis j'avais pris la petite route pentue de Bousoulem. L'alcool n'avait pas tardé à faire son effet. J'étais arrivé au village en vacillant et j'avais perdu tout sens de la mesure. Je me sentais si enhardi que je me croyais capable d'aller voir Zina pour lui déclarer mon amour. Quand je l'avais vue, sur le chemin derrière la mosquée, entourée de son troupeau de chèvres, j'avais l'esprit si confus que je ne trouvais plus mes mots, alors j'avais osé, j'avais pris son visage entre mes mains et l'avais embrassée à pleine bouche. Elle m'avait giflé en retour et m'avait évité durant des semaines. Plus tard, j'ai bu des vins aigres pour étancher mes peines et des alcools de mauvaise qualité pour me protéger des morsures de la guerre.

Après que nous avons éclusé quelques verres de ce vin nord-africain, Mohamed a sorti de dessous son oreiller le petit recueil de poésie et, après s'être éclairci la voix, il a déclamé Alphonse de Lamartine.

— *... Ô temps, suspends ton vol ! Et vous, heures propices, / Suspendez votre cours ! / Laissez-nous savourer les rapides délices / Des plus beaux de nos jours !...*

Sur sa lancée, il s'est levé, a poussé table et chaises contre le mur et, allant de long en large dans la petite chambre, le verre dans une main, le recueil dans l'autre, il m'a offert tout un festival de poésie. Verlaine, Éluard, Rimbaud, ils y sont tous passés. Il lisait lentement, détachant chaque syllabe comme pour ne pas abîmer l'œuvre des poètes. Parfois il s'arrêtait au milieu d'un vers parce qu'il ne comprenait rien de ce qu'il disait. J'essayais de lui traduire en arabe ces flots de paroles qui dans sa bouche semblaient n'avoir ni queue ni tête, mais j'étais si embrumé que j'ai abdiqué après un poème d'Anatole France auquel je n'entendais rien. Je suis reparti tandis que Mohamed, ivre d'alexandrins et de Mascara, confondait les vers et les verres.

J'ai traversé les Halles dans la nuit givrée de ce début d'année 1949, ça travaillait déjà dur. Quand j'en ai eu assez de marcher sur le trottoir glissant de la rue de Rivoli, j'ai pris un taxi. Le chauffeur m'a demandé d'où je venais avec un accent pareil. D'Algérie, j'ai répondu en suivant du regard l'eau grise de la Seine qui filait à gros bouillons sous le pont d'Arcole.

— L'Algérie, c'est dans les colonies.

Je n'ai pas répondu.

— Vous êtes venu en bateau, forcément.

Je n'ai pas répondu.

— Si je vous emmerde, faut me le dire.

Je n'ai pas répondu.

Quand nous sommes arrivés devant chez moi, j'ai levé les yeux vers la fenêtre. La lumière était éteinte. Elvire n'y était toujours pas.

Je me suis fait un café dans la cuisine, j'ai fumé une Craven A, puis une autre sans m'en rendre compte. À ma montre, il me restait une paire d'heures avant de basculer dans une autre vie.

Tout allait changer désormais.

Demain, je réunirai les ouvriers. Je les préviendrai que je ferme la tannerie pour cause d'abandon de ses propriétaires – ils devront prendre leurs dispositions pour chercher du travail. J'espère qu'ils comprendront ma décision. Je garderai le logement en attendant de trouver un nouvel exil, car tout est à Elvire ici. Son odeur, ses vêtements, sa vaisselle, ses meubles, ses briquets, sa brosse à dents que j'ai voulu mettre à la poubelle cent fois, renonçant cent fois, et la petite photo sur sa coiffeuse où elle pose avec son père au jardin du Luxembourg. On y voit des arbres nus. C'est l'hiver. M. Bergman porte un costume-cravate sombre à rayures blanches et un chapeau en feutre noir. Il tient à la main un journal et coule son regard froid vers sa fille. Elvire est à distance, un bon mètre. Elle est vêtue d'une robe froncée à la taille et d'une veste en cuir. Elle est déjà coiffée à la garçonne. Ses bras sont raides le long de son corps. Elle ne sourit pas. Elle fait face au plan d'eau où barbotent des canards, un cygne, des oiseaux de passage. Je lui ai demandé pourquoi elle boudait sur cette photo. Ce jour-là, elle en voulait à son père parce qu'il lui avait dit, juste après avoir lu son journal, que la France venait de déclarer la guerre à l'Allemagne et qu'en conséquence elle n'aurait d'autre choix que de renoncer à son rêve d'Amérique et à celui qui lui était plus cher encore, poursuivre ses cours de théâtre.

Lorsque je regarde à la fenêtre, le nez collé au carreau, comme je le fais chaque matin, c'est encore elle que je vois apparaître parmi tous ces gens qui vont et qui viennent. Partir de ce logement que j'aimais tant sera un crève-cœur, pourtant il le faudra. Je m'en irai pour un nouvel ailleurs. Il me faudra oublier la place de la Contrescarpe où nous dînions, souvent, le soir au retour de la tannerie. Il me faudra aussi faire le deuil de nos flâneries nocturnes jusqu'au boulevard Saint-Michel, quand nous prenions un verre à la terrasse d'un bistrot avant de remonter par la rue Saint-Jacques. Demain sera un mauvais jour, celui de nos amours mortes.

21

Le Mascara m'a donné une migraine de génisse. J'ai si mal à la tête que je rase les murs et grimpe en catimini l'escalier du bureau afin d'éviter Augustin et Lucien pour ne pas subir, comme l'an dernier, le récit de réveillon de l'un avec sa belle-famille dans le Loir-et-Cher et les tangos, mambos, au Balajo de l'autre.

Nour est déjà à l'œuvre. Elle a trié le courrier et dépose sur mon bureau une lettre qui m'est personnellement adressée, puis elle me fixe étrangement :

— Vous avez l'air bizarre.

— J'ai l'air bizarre ?

— Moi, j'ai dit bizarre ?

— Oui, tu as dit bizarre.

— Comme c'est étrange, cher Adam.

Elle rit sans que je sache ce qu'il y a de drôle dans cet échange sans queue ni tête. Je lui ordonne de réunir tout le monde, au vestiaire, ce soir, à six heures. Elle fait non de la tête en reprenant son sérieux. Il faudra remettre ça à plus tard. Les banquets de la Saint-Sylvestre ont fait des dégâts. La moitié des gars n'ont pas pointé et ceux présents ne sont pas bien vaillants. Même Mohamed, qui n'est jamais malade, a appelé pour prévenir qu'il ne viendrait pas travailler. Elle me regarde de plus près et me trouve une mine défraîchie, sûrement parce que j'ai dû faire la fête jusque tard dans la nuit, commente-t-elle.

— Toi, en revanche, tu n'as pas dû t'amuser beaucoup, tu es fraîche comme la rosée du matin.

En effet, elle est restée avec son père. Ils n'ont rien changé à leurs habitudes : dîner à huit heures, coucher à dix. D'ailleurs, ils n'ont plus jamais rien fêté depuis la mort de sa mère. Comme elle n'arrivait pas à dormir, elle est sortie pour aller au cinéma, boulevard Saint-Germain. Au Pathé, on jouait *Drôle de drame*, avec Louis Jouvet dans le rôle d'un archevêque détraqué et Michel Simon, un homme d'une laideur repoussante comme on n'en voit que dans les films, dans celui d'un professeur de botanique un peu zinzin. « Étrange, étrange, ou bizarre, bizarre. » C'est tout ce qu'elle a retenu de cette comédie loufoque. Elle retourne à sa place, commence à taper un courrier à la machine, s'arrête pour me demander pourquoi il y avait urgence à rassembler les gars ce soir.

— C'est au sujet de la tannerie. Je veux voir tous les employés avant la fin de la semaine, malades ou pas.

— Quel est le problème ? Tout va bien pourtant. On est même obligés de refuser des commandes. Je serais la patronne, j'embaucherais.

Le téléphone sonne. Nour décroche : « Tannerie Bergman, bonjour. Merci, meilleurs vœux à vous aussi, monsieur. C'est sûr, la santé c'est le principal. Oui, bien sûr, la santé et l'argent, c'est l'idéal, mais on ne peut pas tout avoir. Ah bon, c'est possible. Si vous le dites… »

Elle passe la main sur sa joue pour me signifier qu'elle a affaire à un raseur de premier choix. Mon regard se pose sur la lettre devant moi. Elle a été postée la veille des fêtes et porte le cachet d'un notaire, maître d'Omiécourt, 254 rue de Rivoli, Paris, 1er arrondissement.

Un notaire ?

Je l'ouvre. C'est une convocation à me rendre à son étude dans les meilleurs délais, pour affaire concernant la famille Bergman et moi-même.

Nour raccroche et m'interpelle d'un coup de menton.

— Alors, la tannerie, quel est le problème ?

— Plus tard, Nour. Plus tard.

— Plus tard, c'est quand ?

— Je t'en parlerai à mon retour.

Maître d'Omiécourt ne m'attendait pas de sitôt. Il avait prévu de ne recevoir personne aujourd'hui. Mais sa secrétaire va voir ce qu'elle peut faire pour lui dégager quelques minutes dans son emploi du temps. En attendant, elle m'invite à patienter dans la salle d'attente dont les murs sont recouverts de tissu aux motifs floraux de couleurs déprimantes. Je m'assois dans un de ces confortables fauteuils de cuir et je ne peux m'empêcher de me répéter : Bergman, Aït Amar, qu'est-ce que c'est que cette histoire ?

Je ne tiens plus en place, je vais à la fenêtre, il y a un grand ciel propre, comme Paris en voit rarement, et des nuées de flocons de neige virevoltants au-dessus des statues des Tuileries, avant de fondre sur les jardins endormis. La secrétaire réapparaît et, de sa petite voix grêle, m'annonce que maître d'Omiécourt consent à m'accorder un moment. Je me recompose à la hâte un visage moins tourmenté puis je fais un peigne de mes doigts pour me recoiffer.

Le notaire, un homme sans âge – cinquante, soixante ans, plus peut-être –, petit, maigre, d'apparence austère, m'accueille devant la porte capitonnée de son bureau. Nous échangeons quelques formules de politesse puis j'entre dans son bureau dans lequel on pourrait loger quatre Mohamed. Aux murs, du même gris que son costume, sont accrochés trois tableaux dans des cadres d'aluminium : ce sont des peintures abstraites aux couleurs vives. Dans une armoire aux portes vitrées s'entassent des piles de dossiers ainsi que toutes sortes de bibelots, de livres et de trophées. Avant toute chose, le notaire s'inquiète de savoir si je lis et comprends correctement le français. J'acquiesce sans autre commentaire. Il me désigne un fauteuil puis s'installe derrière son bureau. Il y a un bloc de papier à en-tête de l'étude, un stylo à plume en argent posé sur un sous-main qui a vécu et un dossier brun bouclé par une bride en toile sur lequel est noté en gros caractères : Bergman/Aït Amar.

— Vous étiez très lié avec la famille Bergman ? dit-il en chaussant des lunettes à monture noire qui achève de lui donner l'allure d'un croque-mort.

— Avec Elvire, seulement.

— Quels étaient vos rapports avec son père ?

— Pourquoi me parlez-vous d'eux au passé ? Il leur est arrivé malheur ?

— Rassurez-vous. Ils vont très bien.

— Pourquoi me posez-vous ces questions ?

— Pour savoir.

— Savoir quoi ?

— Savoir pour comprendre.

— Comprendre quoi ?

— Cette affaire.

— Quelle affaire ?

Il se pince la lèvre, jette un furtif regard à sa montre. À l'évidence, je lui gâche son temps.

— Une consœur de Jérusalem qui ne peut se déplacer m'a chargé de la remplacer pour régler leur affaire qui est aussi la vôtre.

Il ouvre le dossier qui renferme un épais cahier bleu, une lettre à mon nom et quelques feuilles maintenues par un trombone qu'il saisit pour m'en donner lecture.

— Acte notarié établi par l'étude de maître Monique Allouche le...

Il fait « blablabla » pour aller au plus vite et tourne une page.

— M. Jacob Bergman, sain de corps et d'esprit, et sa fille Elvire Bergman ont décidé d'un commun accord de se séparer de leur tannerie, sise 11 avenue Raspail, à Gentilly, département de la Seine, pour la léguer à M. Adam Aït Amar, blablabla...

— Comment ça léguer ?

— Je croyais que vous compreniez le français.

Au cas où je refuserais ce lègue, maître d'Omiécourt vendrait l'entreprise après avoir liquidé les comptes – il m'épargne les histoires d'actifs, de passifs –, et licencierait le personnel. Une fois l'affaire dûment actée chez le notaire, en l'occurrence lui-même, un tiers du produit de la vente me reviendrait. À dater de ce jour, 2 janvier 1949, j'ai trente jours pour rendre ma décision.

— Des questions, monsieur Aït Amar ?

Je suis abasourdi. Ce matin, je voulais fermer la tannerie, et voilà que ce sont les Bergman qui me renvoient la responsabilité de fermer ou de continuer. Maître d'Omiécourt me tend le dernier document du dossier, la lettre, puis, me raccompagnant à la porte, il me donne rendez-vous début février pour officialiser ma réponse.

Je n'ai pas attendu d'être au bas de l'escalier pour ouvrir la lettre d'Elvire. En quelques lignes, d'une écriture appliquée, comme si chaque mot avait été pensé, pesé, apposé pour l'éternité, elle m'écrit :

Cher Adam,

Ma décision est prise. Pour moi, la France, c'est fini. Je vais rester en Israël auprès de mon père et de David qui est plus qu'un ami désormais. J'ai pris cette décision quand j'ai compris que tu ne me rejoindrais jamais. Ça m'a fait mal de l'admettre et de l'accepter. Tu as ton rêve d'Algérie indépendante à réaliser, moi j'ai ma nouvelle nation à bâtir. Il n'y a pas de place pour deux rêves dans le même lit. C'est ainsi. Là, tout de suite, j'ai envie de te parler de ma vie d'aujourd'hui, de te dire que j'ai intégré la troupe de théâtre de Jérusalem, et ça remplit ma vie. Mais à quoi bon. Tout ça va te paraître si loin de toi, si loin de nous, si loin d'hier. Mon cher, mon très cher Adam, nos destins se sont liés parce que nous étions deux orphelins perdus dans cette fin de guerre, et nous nous sommes aimés pour ne pas nous détruire davantage. Désormais, nos routes se séparent, mais tes sourires, tes baisers, ton corps et le mien qui ne faisaient qu'un, nos complicités et ta voix gorgée de soleil qui savait si bien chanter les couleurs de ton pays seront des cicatrices gravées à jamais dans mon cœur. À un jour peut-être... ou peut-être pas. Inch Allah. Avec mon infinie reconnaissance pour

les petits et grands bonheurs que tu m'as offerts sans jamais rien demander en échange.
Elvire Bergman qui ne pourra t'oublier.

Je presse sa lettre dans ma main pour n'en faire qu'une boulette. Je la presse plus fort encore comme pour lui faire du mal. Mais c'est moi qui souffre de savoir que nous ne nous reverrons plus jamais. Je défroisse la lettre comme pour ne plus souffrir, mais rien ne se passe ; je la hais désormais. Et je marche rue de Rivoli, les mains dans les poches de ce manteau que je déteste lui aussi, sans but précis, les yeux pleins de brouillard.

Le ciel bleu se marbre de nuages blancs ; au loin, derrière la place de la Bastille, il fait gris. Devant l'Hôtel de Ville, se dresse une colonne Morris avec une nouvelle affiche d'Édith Piaf annonçant qu'après son triomphe phénoménal à l'Alhambra, son récital est prolongé jusqu'à fin janvier. Je m'arrête au kiosque de la place des Innocents, réserve deux places pour ce soir et appelle Nour d'une cabine téléphonique. Elle a des sanglots de joie dans la voix, elle bégaie une tonne de mercis et s'en va prévenir son père qu'elle va tarder un peu.

Je continue d'aller dans les rues de Paris, comme un vagabond, sous des bourrasques de neige fondue qui noient mon chagrin. J'entre dans une brasserie devant l'Alhambra, je commande un café et j'attends. Quoi ? Je ne sais pas mais j'attends. Quelques cafés plus tard, je comprends que je n'attends plus rien de rien et que c'est bien ainsi.

Lorsque nous sommes sortis du music-hall, il faisait nuit noire, mais il y avait des soleils et des étoiles dans les beaux yeux verts de Nour.

22

« *Tannerie Bergman et fille.* »

Pour ne pas effaroucher les anciens et nouveaux clients, j'ai gardé cette enseigne défraîchie par les étés et les rincées. Ainsi, je laisse croire que la tannerie est toujours dirigée à distance, depuis Jérusalem, par la famille Bergman et que je suis leur directeur général. Nour aurait aimé que je fasse table rase du passé pour la remplacer par une enseigne moderne sur laquelle clignoterait dès la tombée du soir : *Tannerie nouvelle Adam Aït Amar.* Elle avait fait valoir qu'il était temps d'assumer nos noms, nos origines, pour montrer que nous n'avions besoin ni de tuteurs ni de chefs pour faire marcher et rentabiliser une entreprise. Dans mon for intérieur, je pensais tout comme elle, pourtant j'avais refusé son idée, arguant que si j'avais ouvert un restaurant oriental, je lui aurais volontiers donné mon nom. J'aurais vu alors affluer des Parisiens friands de cuisine exotique et, sans aucun doute, aurais-je fait fortune. Mais s'agissant d'affaires sérieuses, ces mêmes gens ne feraient jamais confiance à un Nord-Africain, aussi costumé et cravaté soit-il, pour traiter d'égal à égal avec eux, et sans aucun doute n'aurais-je pas tardé à mettre la clé sous la porte. Elle avait fini par accepter, de mauvaise grâce, mon raisonnement opportuniste.

Au printemps dernier, elle a fêté ses vingt et un ans. C'est maintenant une jeune femme élancée, toujours tirée à quatre épingles, avec sa crinière de feu et ses yeux de bichette verts comme des lagons. Lorsqu'elle vous regarde avec insistance, en plissant à peine les paupières, vous succombez ou vous périssez. Lucien, qui s'est marié à Pâques avec une princesse de bal musette, en pince encore pour elle. Il ne peut s'empêcher de lui adresser des œillades lourdes de sens qu'elle feint d'ignorer.

Je regrette le temps d'avant où nous déjeunions, dans le vestiaire, avec Mohamed, Augustin, Lucien, Alphonse, Raymond et tous les autres. Nour aimait materner son monde. Elle réchauffait la gamelle de celui-ci, bricolait un pansement pour l'autre qui s'était entaillé avec un couteau, faisait du café, ramenait des gâteaux pour la fin du ramadan ou l'anniversaire de celui-là. Elle n'était alors qu'une jeune fille inconsciente du trouble qu'elle semait chez les plus jeunes de l'équipe. Je sais par Mohamed qu'on nous croit amants, il n'en est rien. Ce n'est pas qu'elle ne me plaise pas, bien au contraire, Nour est séduisante, douce, vive d'esprit, et elle a l'insouciance de la jeunesse que je n'ai jamais eue. J'aurais aimé étancher ma peine avec elle après ma rupture avec Elvire, car l'homme n'est pas fait pour vivre seul. Enfin, il y en a sûrement qui le peuvent, mais je n'en suis pas, je n'en suis plus. J'ai besoin de parler, d'écouter, de rire, de toucher, d'être aimé ou mal aimé. De vivre, tout simplement.

Un dimanche mouillé d'automne, je l'avais invitée à déjeuner avec son père au restaurant, puis j'avais voulu les emmener visiter mon nouvel appartement, place Denfert-Rochereau. Pour Zahir, c'était non. Il n'avait qu'un après-midi de repos par semaine et préférait en profiter pour récupérer de ses longues journées de fatigue passées, le dos courbé sur son établi à réparer des souliers. Toutefois, il avait encouragé Nour à me suivre car – je le savais, toujours par Mohamed – il espérait que sa fille et moi finirions par nous lasser de vivre toute la journée côte à côte, dans le même bureau, pour enfin conclure.

L'appartement était encore un grand bazar un mois après mon emménagement. Il traînait dans le couloir des cartons de livres. Mes costumes, mes cravates, mes chemises posées en vrac sur le canapé de la salle de séjour attendaient que je leur fasse une place dans la garde-robe. Le lit de ma chambre était sens dessus dessous. On aurait dit que je m'étais battu toute la nuit contre une armée de djinns. Sur la table en bois blanc de la cuisine, il y avait un paquet de café que je n'avais pas entamé et deux tasses neuves dont je ne m'étais jamais servi.

— C'est beau chez vous, mais comment pouvez-vous vivre dans un foutoir pareil ? avait-elle soupiré en poussant un carton à ses pieds.

Elle avait ouvert la fenêtre donnant sur la place. L'immense lion en cuivre luisant de pluie la fascinait. Elle le trouvait bien plus imposant, plus mâle, plus fauve, vu du sixième étage.

— Il a été sculpté par Bartholdi, ai-je dit en m'approchant d'elle.

— Bartholdi, c'est un Italien ?

— Un Français. Il est né à Colmar en 1834 et il est mort à Paris le 4 octobre 1904, à l'hôpital Cochin. Il a aussi sculpté la statue de la Liberté à New York, ai-je complété en m'approchant davantage.

— Vous êtes brillant, Adam. Comment savez-vous tout ça ?

— Le dictionnaire. Tu peux me tutoyer si tu veux, ça me ferait plaisir.

— Je ne tutoie que mon père et les enfants.

J'étais dans son dos, prêt à poser la main sur son épaule, lorsqu'elle s'est retournée brusquement comme si ma présence l'indisposait. Elle a fait un pas de côté, puis a rangé la salle de séjour en parlant de tout et de rien. En ce temps-là, elle passait son permis de conduire pour acheter une automobile et promener son père à travers la France, car ils ne connaissaient rien ou presque de ce pays.

— Et vous Adam, la France, vous l'avez déjà visitée ?

Hormis Paris dont je n'ignorais plus grand-chose, je ne connaissais de la métropole que le front de guerre. Je n'ai pas répondu pour ne pas raviver de vieilles blessures. Elle n'a pas insisté et nous avons rangé le fatras de vêtements sur le canapé. Elle fouillait les poches, sortait un bout de papier sur lequel j'avais noté un nom, une adresse qui ne me disait plus rien, un briquet, des pièces de monnaie, puis elle alignait les costumes dans un dégradé de couleurs, du plus sombre au plus clair. Une fois cette corvée terminée, elle m'a demandé si je savais qui était la nouvelle vedette en vogue. Mon silence a été ma réponse. Ça ne l'a pas étonnée. Elle s'est moquée de moi, me conseillant de m'intéresser à autre chose qu'à la tannerie et à mes réunions du dimanche après-midi si je ne voulais pas devenir un vieux schnock avant l'âge. À cet instant, j'étais prêt à tout pour la séduire, même à lui promettre de me mettre à la page. Sa nouvelle idole était un Américain, Frank Sinatra. Elle avait fredonné, dans un anglais qui n'appartenait qu'à elle, une de ses chansons sensuelles et lascives. Le désir m'envahissait et mon cœur tambourinait furieusement. Je me suis avancé vers elle, le sourire faussement naturel. Elle a feint de ne rien remarquer. Comme avec Lucien. Comme avec tous les autres. Quand j'ai été à deux doigts d'effleurer sa main, elle s'est écartée de moi et m'a demandé, pour faire diversion, de lui préparer un café. Nous avons bu le café en regardant la pluie fouetter ce pauvre Lion de Belfort. À un moment, je ne sais pas pourquoi, je me suis tourné face à elle pour qu'elle m'explique pourquoi elle n'admirait que les chanteurs et chanteuses occidentaux. Elle n'avait pas de réponse à me donner, c'était ainsi. Elle ne comprenait pas un mot des chansons de Frank Sinatra, mais dès qu'elle entendait sa voix chaude et prenante à la radio, ça la bouleversait, ça la faisait rêver, ça lui donnait envie de chanter. Pour autant, elle n'avait pas oublié les chansons que sa mère lui avait apprises avant l'accident. Elle se souvenait de l'une d'elles, *Nar hwakoum lahab*, « le feu ravageur », qu'interprétait Cheikha Tetma, la chanteuse du petit peuple des gourbis d'Alger. Elle avait susurré quelques mots d'arabe puis elle avait chanté ce feu ravageur d'une voix puissante jaillie de l'enfance. Et son corps avait commencé à se mouvoir. Ses bras étaient plus souples que des cobras, ses mains plus légères que des ailes de papillon, et ses seins tressaillaient, et son ventre ondulait, et ses hanches se libéraient. Quand elle a arrêté de chanter, ça a été plus fort que moi, je n'ai pas su résister, j'ai essayé de l'embrasser. Elle m'a repoussé. Je n'ai pas oublié le regard mauvais qu'elle m'a lancé en disant : « Pour qui me prenez-vous ? Pour qui vous prenez-vous, Adam ? »

Elle est partie sans un mot, sans un au revoir, sans un « À demain. »

J'étais certain de l'avoir perdue pour toujours.

Ça fait maintenant trois ans qu'elle est à mes côtés, elle fait mieux que me seconder, elle est la tête pensante de la tannerie et elle a un talent incroyable pour rafler les marchés à la barbe de la concurrence. Moi, je n'ai plus qu'à vérifier les contrats, les signer, gérer mes gars.

Aujourd'hui, 23 septembre 1952, je viens d'embaucher mon seizième ouvrier. Il se nomme Gianni Salvatore, c'est un jeune homme de vingt ans, immigré du sud de l'Italie. Il a l'air courageux et suffisamment bien bâti pour porter les peaux de vaches et les écharner. L'odeur de merde ne lui fait pas peur. Je l'ai mis entre les mains de Mohamed pour lui apprendre le métier et lui donner des leçons de français, parce que désormais, monsieur Mohamed sait écrire, presque sans fautes, il connaît toutes les poésies contenues dans son petit recueil et il envisage de se présenter au certificat d'études primaires en candidat libre. Il a lu que c'était possible dans *Combat* qu'il vient chercher au bureau, le soir, avant de rentrer chez lui.

Nour arrive de son rendez-vous un grand sourire aux lèvres. Elle ouvre sa sacoche, dépose sur mon bureau un dossier et se frotte les mains.

— Louis Vuitton, c'est fait, dit-elle fièrement.

Je n'ai le temps de rien qu'elle a déjà repris le dossier, préférant m'en faire la lecture elle-même. Ça faisait des semaines qu'elle négociait les derniers détails du cahier des charges avec le peaussier du célèbre malletier, c'est désormais gagné. Nous avons l'exclusivité du tannage des cuirs haut de gamme pour une année. Le contrat sera renouvelé si nous donnons entière satisfaction au commanditaire. Pour un peu, je la prendrais dans mes bras pour l'embrasser, mais je n'ose pas, alors je lui promets une augmentation pour la fin du mois. L'argent ne l'intéresse pas. Ce qui la motive, c'est vaincre pour être en haut de l'affiche. Le téléphone sonne. Elle décroche, fait répéter le nom de son interlocuteur.

— Alilou, le *kawadji* des Buveurs de Soleil à El Kseur ?

Elle plaque la main sur l'écouteur : « Vous connaissez ? »

23

Alilou n'a jamais perdu le contact avec moi. Il m'appelle deux, trois fois par an, parfois plus, pour me souhaiter une bonne fête de l'Aïd-el-Kébir, pour m'annoncer le décès d'une de mes connaissances ou le mariage du fils d'untel avec la fille d'un autre tel, mais surtout, il ne cesse de me poser la même question : « Quand comptes-tu rentrer au pays ? » Invariablement, je réponds que je suis bien trop occupé par mon entreprise pour prendre des congés, fussent-ils brefs. Il me donne alors des nouvelles d'El Kseur où rien ne change vraiment. Ses clients sont toujours amollis par la flemme ou le désœuvrement sur leurs nattes de raphia et boivent de l'aube au coucher le même soleil. Il dit encore, ou plutôt ne se lasse pas de répéter, que si l'ennui était une matière première exportable, l'Algérie serait riche à milliards. Comme toujours, il rit seul de ses blagues. Pour nos roumis aussi, les jours se suivent et se ressemblent. Le soir, ils trompent l'ennui en jouant à la coinche ou au 421 à La Belle Équipe, et ils maudissent leur « putain de mère » et tous les bicots du bled quand le sort leur est défavorable.

L'été dernier, il m'a appris que chez moi, à Bousoulem, ce fut la désolation. Des nuages de criquets pèlerins ont ravagé les parcelles d'orge et de blé. Comme si cela ne suffisait pas, une autre calamité a sévi : les incendies. Ils ont dévasté nos oliveraies, anéantissant du même coup nos cueillettes à venir. Sans huile d'olive, sans laquelle rien ne se cuisine chez nous, sans blé, sans orge, ce fut la misère noire avec son cortège de malheurs. La mort nous a enlevé nos enfants et nos aînés les plus fragiles. Les hommes qui avaient la foi chevillée au corps sont restés au village avec l'espoir que l'an prochain Allah serait enfin clément et miséricordieux. Ceux qui n'attendaient plus rien du Très-Haut ont fait leur baluchon, pour prendre la route de l'exil, laissant derrière eux femmes et enfants pour un ailleurs meilleur. Au bas du chemin de chèvres, derrière notre petite mosquée, il y a El Kseur, puis à deux heures de marche le port de Bougie. Destination Marseille. Embarquement pour une autre misère.

D'habitude, Alilou profite de nos conversations pour glisser subrepticement une liste de produits introuvables au pays qu'il aimerait que je lui ramène si un jour je trouve le temps de prendre quelques jours de vacances. Il rêve du même distributeur de cacahuètes qu'il a vu exposé, comme un trophée, sur le comptoir de La Belle Équipe, il rêve encore que je lui apporte la bouilloire électrique placardée sur le panneau de réclame de la gare d'El Kseur, pour finalement revoir ses désirs à la baisse et se contenter des briquets Ricard ou Pernod qu'il offrirait à ses buveurs de soleil pour allumer leurs narguilés. Mais là, le ton n'est pas à nos discussions classiques, que j'apprécie sans jamais le lui avouer, de crainte qu'il me sonne dix fois par an. Cette fois Alilou m'a à peine salué, ne m'a pas demandé, même pour la forme, quand je reviendrai au pays, il a tout de suite passé l'appareil à Tarik.

— *Salam alikoum*, Adam, l'heure est grave. Le temps de la léthargie est révolu, a dit Tarik sans préambule.

C'était la première fois que je lui parlais depuis les funérailles de ma tante Safia. Il m'a brossé à gros traits un tableau de la situation locale. Le peuple était mûr pour se soulever contre nos colons et l'Administration. À l'écouter, ça allait barder.

Serai-je du nombre pour libérer le peuple ?

— Je serai de tous les combats pour libérer les femmes et les hommes du pays.

— Je crois que tu lis trop de livres, en France. Tu as oublié qu'ici nous sommes des gens simples. Le peuple n'est pas la somme d'individus. Le peuple, c'est nous tous, ensemble.

— Au fait, Tarik, au fait.

Pour rallier les récalcitrants, il fallait instaurer un climat de terreur. Le caïd El Hachemi, le plus cruel des collaborateurs, avait servi d'exemple. Un de ses sbires qui avait rejoint la cause l'avait assassiné lors d'une partie de chasse avec le maréchal des logis-chef de la gendarmerie. Ce n'était pas tout, sa ferme avait été pillée et brûlée. Quelques gens de maison avaient péri dans le brasier, les survivants de sa smala avaient pris la fuite pour on ne sait où. Pendant qu'il me décrivait par le menu détail des scènes d'apocalypse, je ne pensais qu'à elle. Le seul mot qui m'était venu à la bouche après qu'il m'avait demandé si j'étais toujours au téléphone était : « Zina... »

Morte, en vie, il n'en avait aucune idée. Les corps retrouvés calcinés dans les décombres de la ferme étaient méconnaissables. Mais ce n'était pas pour m'entretenir du peuple en marche vers sa liberté, ni de la mort du caïd ou de celle possible de Zina qu'il tenait à me parler, c'était pour évoquer le sort de leur fils, Adam. Il était pensionnaire au lycée français de Bougie et, grâce à cet éloignement, il avait échappé au drame. L'Administration l'avait casé chez un oncle, caïd dans un autre douar, mais le gamin s'était enfui plutôt que de jouer les pièces rapportées dans cette nouvelle famille comptant dix-sept enfants issus de quatre fratries. La gendarmerie l'avait retrouvé après d'intenses recherches transi de froid dans le djebel et l'avait gardé dans une de ses geôles, en attendant son placement définitif dans un orphelinat. Quand il serait en âge d'être appelé sous les drapeaux, il quitterait l'orphelinat, à moins que... Il avait laissé sa phrase en suspens.

— À moins que quoi ? l'avais-je sermonné.

L'Administration qui savait nos liens d'amitié tissés durant la guerre l'avait missionné pour me convaincre d'accepter d'être le tuteur légal du jeune orphelin. Pour ce qui concernait les papiers, je n'avais pas d'inquiétude à me faire ; la même Administration se chargerait de régler les problèmes. Quant aux frais pratiques d'entretien et d'éducation, je ne devais pas non plus me faire de souci, son père lui avait laissé un bel héritage. Il avait ajouté que, devant le responsable de l'Administration, l'enfant avait déclaré que je lui avais promis de l'accueillir chez moi quand il serait grand. Tarik ne doutait pas que j'honorerais ma parole, même si c'était pour élever le rejeton du caïd El Hachemi. Enfin, et cela devait rester entre nous, le jeune Adam, avec qui il s'était longuement entretenu avant de m'appeler, lui avait confessé que sa mère lui faisait souvent mon éloge alors qu'il était encore un tout petit enfant. Elle le berçait en lui racontant jusqu'à l'extinction des étoiles des contes et légendes dont les héros étaient un jeune berger beau comme un prince des *Mille et Une Nuits* et une jeune bergère bien plus belle que Shéhérazade. Il l'aimait. Elle l'aimait. Ils s'aimaient comme on n'aime qu'une fois dans sa vie.

— Tu décides quoi ? avait conclu brutalement Tarik.

— Ça lui fait quel âge, à ce gamin ? avais-je répondu la voix troublée par l'émotion.

— Il dit qu'il va sur ses quatorze ans. Alors, tu le prends ou tu le prends pas ?

Lorsque j'avais raccroché le téléphone, j'étais hagard. J'avais allumé une Craven A et j'avais tourné en rond dans le bureau. Nour m'avait présenté un document que j'avais signé sans le lire. J'étais ailleurs.

24

Quand il est arrivé avec sa petite valise à la main et son petit manteau noir sur ses épaules menues, perdu au milieu d'un flot de voyageurs en provenance d'Alger, je l'ai tout de suite reconnu : il ressemblait, plus encore que dans mon souvenir, à sa mère. Il lui avait même pris sa démarche gracile et aérienne. Lui non plus ne m'a pas loupé. Il est venu vers moi sans hésitation, non parce qu'il ne m'avait pas oublié depuis les funérailles de ma tante Safia, mais parce que j'étais le seul type basané dans le hall de l'aéroport du Bourget. Il m'a serré fermement la main et m'a appelé monsieur Adam. Je lui ai répondu : « Sois le bienvenu à Paris, Adam. »

Que nous portions tous deux le même prénom, ça ne passait pas. J'ai décidé d'autorité que, tant qu'il serait sous ma responsabilité, il serait Amezyane, qui signifie dans notre langue « junior ». Il n'a pas osé refuser, mais il m'a fait remarquer que sa mère lui avait fait l'honneur de l'appeler Adam, nom du premier homme qu'Allah a créé sur terre, et que moi, alors qu'il débarquait à peine dans la capitale de la France, je le dépouillais de son identité pour lui infliger un prénom que l'on donne généralement aux enfants mâles en queue de fratrie, quand les parents manquent d'inspiration.

Amezyane est un garçon studieux, bien éduqué, sérieux, trop à mon goût. Dès qu'il a terminé ses devoirs sur la table du séjour, il va lire d'autres livres que ceux du lycée dans la petite chambre dont j'ai tapissé les murs de papier peint aux couleurs du Sud. Parfois, après le dîner, il veut me parler d'autre chose que de ses études. Il se lance, jette quelques mots où il est question d'El Kseur, de sa ferme, d'Antar, son cheval, mais il se retient d'aller plus loin par pudeur, je crois. À moins qu'il ne se sente pas assez en confiance avec moi pour dire ce qu'il a sur le cœur. L'autre jour, il a évoqué sa mère. Là encore c'étaient quelques mots tout juste effleurés du bout des lèvres. L'émotion l'avait étreint et il s'était réfugié dans sa chambre.

J'ai inscrit Amezyane au lycée Raspail la semaine qui a suivi son arrivée. Aux dires de ses enseignants, c'est un élève précoce, taciturne, qui ne va pas facilement vers les autres car il a une haute estime de lui-même. Derrière son apparence timide et réservée se cache un garçon susceptible à l'excès. Comme beaucoup de Kabyles. Après un mois de scolarité, il s'est battu deux fois. La première parce qu'on moquait son accent d'outre-mer, la seconde parce qu'un camarade avec qui il s'était disputé pour des peccadilles lui avait montré la porte de la classe pour qu'il rentre chez lui.

— Je suis français comme toi. Ici ou là-bas, je suis partout chez moi, avait-il répliqué en le saisissant par le col de sa blouse.

— Chez toi, c'est le pays des Arabes.

S'étaient ensuivis des coups de poing, des coups de pied, des coups de boule, qui lui avaient valu trois jours d'exclusion.

Amezyane ne sort jamais seul parce qu'il a peur de la circulation automobile, des autobus à plate-forme, du bruit de ferraille du métro, de ces foules qui vont et viennent, pour où, pour quoi.

Le dimanche, nous déjeunons au restaurant. Nous ne parlons de rien ou de pas grand-chose. Souvent, je me demande pourquoi j'ai accepté d'être son tuteur, et je m'interroge sur ce qu'on va faire ensemble, demain, après-demain et tous les autres jours. Mon unique réponse, c'est Zina. C'est par respect pour ce que nous étions l'un pour l'autre que je protège son fils comme s'il était le mien. Depuis ma rupture avec Elvire, j'ai compris qu'on n'a qu'un seul grand amour dans sa vie ; tous ceux qui suivent sont des amours de rattrapage. Il m'arrive de vouloir fouiller sa chambre pour voir s'il ne cache pas dans ses affaires le petit carnet rouge, mais j'y renonce à l'ultime seconde. Je sais combien c'est stupide de se raccrocher aux souvenirs d'un autre temps, mais c'est ainsi. Hier soir, je n'ai pas pu résister, après le dîner je lui ai demandé s'il avait emporté avec lui le petit carnet rouge. Son « non » était si énergique qu'il sonnait faux. J'ai insisté. Il s'est levé de table. Je l'ai retenu par la main. Elle s'est crispée comme si mon contact lui était désagréable. J'ai lâché prise.

— Tu sais ce qu'il y avait d'écrit dans ce carnet rouge ?

— Bien sûr. Il y a toute une correspondance avec un soldat qui a laissé maman pour défendre notre patrie. Il s'appelait Adam, comme toi. Comme moi. Ce soldat, ma mère m'a dit que c'était toi.

Nous en sommes restés là.

La semaine précédente, je l'avais emmené à la réunion pour la première fois. Je l'avais présenté comme un orphelin de ma famille, sans préciser notre degré de parenté. Tous s'étaient émus de son sort, tous l'avaient invité à se lier d'amitié avec leurs enfants, tous lui avaient témoigné de l'affection, ajoutant que dans son malheur il avait bien de la chance d'être sous ma tutelle. Amezyane, gêné par autant d'attention, les avait remerciés d'une toute petite voix et avait rejoint Nour qui désormais était de toutes les réunions. Elle avait commencé par accompagner son père vieillissant puis avait pris goût aux débats, donnant son avis sur tout et s'enflammant dès qu'elle était contrariée. Boulkader avait amené des pâtisseries faites par sa fille aînée dont il vantait lourdement les mérites de cuisinière, espérant la caser avec un de ces nouveaux jeunes hommes en âge de fonder un foyer. Nous étions vingt-sept. Ça faisait beaucoup de monde dans un si petit vestiaire, même si Mohamed avait enlevé les bancs pour gagner de la place. J'avais lu dans *Combat* que des cafés où se retrouvaient des travailleurs nord-africains pour faire ce que nous faisions, envisager notre destin futur, avaient été fermés après dénonciation du voisinage. Les patrons s'étaient vu infliger des amendes pour regroupement clandestin à caractère politique. Je redoutais à mon tour que la police ne fasse irruption et ne m'interroge sur les raisons pour lesquelles je rassemblais tous ces gens dans ma tannerie un dimanche après-midi.

Ce dimanche-là, donc, j'avais décidé que nous débattrions du génocide identitaire qui avait fait de nous des hommes ni tout à fait français, ni tout à fait kabyles, ni tout à fait arabes. De mon point de vue, nous étions une sorte de peuple hybride qui avait fini par développer un complexe d'infériorité. Génocide identitaire, hybride, complexe d'infériorité, beaucoup, pour ne pas dire tous les compagnons, ne comprenaient pas où je voulais en venir. J'avais précisé ma pensée en m'exprimant le plus distinctement possible. Lorsque les Allemands occupaient la moitié de la France, on aurait crié à l'horreur, au scandale, à l'outrage, s'ils avaient obligé les petits écoliers français à apprendre leur langue, leur culture, leur géographie et l'histoire de leurs gloires nationales. Et qu'en aurait-il été si en plus ils avaient changé les noms des villes et des villages pour les remplacer par des noms teutons. C'était pourtant ce qui s'était passé chez nous, et c'est cela que j'appelais un génocide identitaire. À Dieu ne plaise, nous aurions l'obligation de rétablir la toponymie de nos bleds pour recouvrer notre mémoire. Il y avait eu un instant de flottement mêlé de murmures d'incompréhension. Benzidou, Mouloud et Tahar, un de ces nouveaux venus fougueux comme un étalon de concours, s'étaient élevés contre ce qu'ils considéraient être une diversion d'intellectuel. Selon eux, avant d'instruire les jeunes générations de notre histoire et de nos racines, il fallait d'abord s'occuper du présent, autrement dit commencer par le commencement : recouvrer notre liberté. Il serait temps par la suite de s'occuper de ces questions annexes. Nour m'avait soutenu, assenant avec force que sans passé il n'y aurait point d'avenir possible. Puis, comme d'habitude, chacun y était allé de son refrain. L'un tenait d'un ses aïeuls que, jadis, son village se nommait Kaddous ; après la conquête il était devenu Saint-Benoît. Mansour avait cherché, sans résultat, pourquoi son hameau portait le nom de Relais-du-Maréchal. Mouloud avait répondu, sûr de son savoir : « Maréchal comme le maréchal Bugeaud, bourricot. » Rires gras de tous. Certains avaient chantonné : « Maréchal nous voilà. » Piqué au vif, Mansour avait promis de lui régler son compte à l'heure et à l'endroit qui lui conviendraient, mais Mouloud n'avait pas relevé. On aurait pu énumérer les noms de nos villages débaptisés par l'Administration si je n'avais pas haussé la voix pour ramener tout le monde à la raison. Amezyane levait le doigt depuis un moment pour prendre la parole. Je l'avais invité à s'approcher de moi, fier de prouver à nos aînés indisciplinés que nous pouvions être confiants, la relève était assurée. Comme un artiste entrant dans la lumière, Amezyane s'était avancé visage fermé, bras croisés sur la poitrine. Et, du haut de ses presque quatorze ans, il avait déclaré :

— Je suis le fils du grand caïd El Hachemi, d'El Kseur. Mon père était un homme puissant et très intelligent. Il voyait loin. C'était un visionnaire. Si j'ose me présenter devant vous malgré mon jeune âge, c'est pour honorer sa mémoire.

Il avait poursuivi, mettant dans ses paroles une ardeur fanatique qui lui donnait un aspect sévère et hideux :

— Mon père m'a appris que sans la France, notre mère, notre patrie, nous ne sommes qu'un peuple de va-nu-pieds qui s'est donné à tous les envahisseurs sans rien recevoir en échange. Notre France est belle et généreuse, elle nous a apporté l'électricité, les médecines modernes, les routes, les hôpitaux, les sciences nouvelles. Notre France est juste avec ceux qui le méritent, disait encore mon père. Ne perdez pas votre temps à vouloir la rabaisser, nous avons plus besoin d'elle qu'elle de nous.

Il avait terminé par un vibrant : « Vive la France ! »

Puis il était retourné près de Nour stupéfaite. Les regards avaient convergé vers moi. Le feu de la honte m'était monté aux joues. Ce gamin venait de me ridiculiser. J'avais bredouillé qu'Amezyane était un enfant fragile, perturbé par la disparition de ses parents. Je m'étais engagé à ne pas le ramener tant que je ne l'aurais pas remis sur le droit chemin. Certains m'avaient cru de bonne foi, allant jusqu'à me plaindre et me souhaiter bien du courage pour éduquer ce pauvre Amezyane. Benzidou, Tahar, Mouloud m'avaient dévisagé avec suspicion, jusqu'à ce que se termine la réunion.

De retour à la maison, j'avais fait la leçon à Amezyane afin qu'il comprenne que je ne partageais aucunement les idées de son père. Et de lui rappeler, plutôt de lui apprendre, car au lycée français de Bougie on ne le lui avait pas enseigné, que nous subissions encore l'infâme Code de l'indigénat qui faisait de nous des êtres inférieurs.

Hier soir, alors que je rentrais de la tannerie, il a demandé à me parler. Je n'étais pas d'humeur à l'écouter longtemps car Nour m'avait fait la tête toute la journée : elle avait raté son permis de conduire pour la troisième fois. Il s'est assis sur le fauteuil, face à moi, et il a parlé. Il m'avait choisi plutôt que l'orphelinat parce que sa mère lui avait dit que j'étais un gentilhomme. Il lui en voulait de lui avoir menti. À ses yeux, j'étais tout le contraire. Il me trouvait distant, fermé, déplaisant. Une journée passée en ma compagnie s'écoulait moins vite qu'un siècle. Heureusement qu'il y avait Nour avec qui il pouvait échanger, se confier, s'amuser ; surtout, il aimait l'écouter chanter de belles chansons françaises. Il la considérait comme une grande sœur. Mais ce n'était pas suffisant. Il voulait partir parce que son corps était ici mais sa tête encore au pays. Il n'aimait pas Paris et ses hauts immeubles bourgeois aux façades orgueilleuses, il n'aimait pas ses avenues rectilignes plantées d'arbres tous identiques, il n'aimait pas le Lion de Belfort, énorme, grotesque, il n'aimait pas l'odeur de mes Craven A, il n'aimait pas ses camarades de classe, il n'aimait pas ce ciel gris qui s'étire à l'infini, il n'aimait pas les Algériens dévoyés que je fréquentais. Avec tout le respect qu'il me devait, il ne m'aimait pas. Et il avait conclu sa tirade :

— Pourquoi as-tu accepté de me recueillir si c'est pour être aussi dur avec moi ? Est-ce parce que tu n'aimais pas mon père ? Tu te venges sur moi, c'est ça ?

— Se venger des morts sur leurs enfants, c'est de la lâcheté. Je t'ai accepté parce que ta mère et moi avons eu une aventure que je n'ai jamais oubliée.

Amezyane a voulu appeler Tarik pour que ce dernier le récupère à Alger, qu'il le place dans un orphelinat, n'importe lequel ferait l'affaire, pourvu qu'il soit loin de moi.

— Chiche ! ai-je répondu en montrant du doigt le téléphone sur la table.

Il a composé le numéro des Buveurs de Soleil, je lui ai repris le combiné des mains.

— Va te coucher, il n'y a plus d'avion pour l'Algérie à cette heure-ci. Demain sera un autre jour.

25

Après un hiver sans pitié qui a charrié des bourrasques de pluie, de neige, de vent et tous les chaos de la météo, les beaux jours se sont installés. Ce n'est pas notre seule satisfaction que de voir ce ciel éclatant de lumière chaque matin, une autre et non des moindres me réjouit tout autant : Nour a enfin réussi son permis de conduire la semaine dernière. J'ai commandé des pâtisseries, des boissons, des sucreries et j'ai réuni toute l'équipe dans mon bureau pour fêter l'événement. Nous étions heureux comme si elle avait décroché le baccalauréat. Mohamed – il y tenait absolument – a déclamé un poème de Verlaine que personne n'a écouté car nous n'en avions que pour Nour dont les yeux pétillaient de bonheur. Elle a raconté par le détail l'examen, mimant les créneaux, les démarrages en côte, la marche arrière, les dépassements et autres pièges que lui avait tendus le sournois examinateur. Le clignotant, cette fois-ci, elle ne l'avait pas oublié. Mohamed, frustré d'avoir été ignoré, s'était promis de nous étonner prochainement parce qu'il allait passer le certificat d'études primaires ; il s'était juré d'obtenir la mention pour montrer son beau diplôme à ses enfants et à sa femme quand il rentrerait au pays cet été, avec l'aide d'Allah, a-t-il précisé.

Durant la petite fête, Amezyane n'avait eu d'yeux que pour Nour. Désormais, il passe tout son temps libre avec elle. Le dimanche, ils vont au cinéma à Montparnasse, assistent à des galas à Bobino ou plus simplement ils flânent au hasard des rues de Paris. Lorsqu'il a des bonnes notes, il en fait part à Nour qui, ensuite, me les transmet car désormais s'est installée entre nous une sorte de guerre froide. Chacun reste dans son coin et cela me va très bien.

— Quelle auto comptes-tu t'acheter ? a demandé Augustin qui a renoncé au permis de conduire après cinq échecs.

Nour a porté son choix sur une Juvaquatre Renault. Elle en a repéré une, rouge sang, avec des sièges en cuir brun qui, d'après le vendeur du grand garage de l'avenue d'Italie, peut atteindre cent vingt kilomètres à l'heure. Lucien, l'amoureux éconduit, a posé un jalon pour être le premier à faire un tour avec elle, mais Amezyane a tué son rêve dans l'œuf. Aucun étranger ne monterait dans l'auto de Nour parce qu'elle serait réservée aux proches. Très proches. Après un instant d'hésitation, il m'a désigné d'un mouvement de menton comme faisant partie du cercle limité des privilégiés. Puis il a attendu un signe d'approbation de Nour qui n'a pas tardé à venir. Il a rosi de plaisir et son cœur battait d'orgueil à la pensée qu'ils étaient tous deux sur la même longueur d'onde.

Ces derniers jours, j'ai senti qu'Amezyane cherchait à se rapprocher de moi. Après le dîner, au lieu de filer dans sa chambre, comme à son habitude, il faisait la vaisselle en choquant verres et assiettes pour faire du bruit ou me demandait d'un ton mielleux si j'allais bien, si la journée n'avait pas été trop rude, si les ouvriers travaillaient comme il fallait, puis il s'inquiétait de savoir si Nour n'avait pas manqué de me parler de lui. Je le laissais à ses questionnements, de crainte de briser ce fil ténu qui nous reliait enfin après des semaines d'indifférence mutuelle.

Hier soir, il s'était avancé davantage.

Par où commencer, avait-il dit en me regardant en coin.

— Les remerciements d'abord. Non, les remerciements seront pour après, s'était-il aussitôt repris.

D'abord, il voulait s'expliquer.

Tout ce qu'il détestait lorsque je le promenais les dimanches après-midi dans la capitale trouvait grâce à ses yeux depuis qu'il sortait avec Nour. L'avenue des Champs-Élysées avec ses magasins de luxe ne valait pas le boulevard Jules-Ferry de Bougie et ses modestes échoppes multicolores, la tour Eiffel était pareille à un amas de ferraille et de boulons, la Seine ne pouvait supporter la comparaison avec nos oueds aux eaux pures et limpides descendues de nos montagnes... Maintenant tout l'enchantait pourvu qu'il soit avec elle. Pour tout cela, et surtout pour lui avoir présenté Nour, il m'avait remercié du fond du cœur de ne pas l'avoir renvoyé au pays. Puis il avait désiré m'entretenir d'une chose qui le tracassait depuis longtemps ; il s'agissait de Nour. Toujours.

— Comment la trouves-tu ? m'avait-il demandé.

— C'est une belle femme indéniablement.

— Ça veut dire quoi, une belle femme indéniablement ?

— Elle est jolie, intelligente, drôle, séduisante. Elle a du caractère. Tu as dû le remarquer.

— Avec tout ça, elle ne te plaît pas assez pour que tu lui fasses la cour.

— Je ne crois pas être son type.

— Tu as essayé ?

— Elle me l'a fait comprendre.

— Comment ?

— Ça ne te regarde pas.

— On est entre hommes, tu peux me le dire.

— Toi, un homme ?

Il m'avait regardé dans les yeux et, la voix enflée d'audace, il avait dit :

— J'ai eu quatorze ans il y a une semaine.

S'était ensuivi un long silence embarrassé. Je ne savais si je devais lui souhaiter un bon anniversaire avec quelques jours de retard, ou lui demander pourquoi il avait gardé ça pour lui, comme un secret. Il avait brisé le silence en me priant de ne rien prévoir pour lui être agréable. Sa mère lui avait appris qu'à partir de quatorze ans, on était un homme, et qu'il n'était plus nécessaire de célébrer le temps qui nous fait vieillir. Puis il était revenu à la charge.

— Pour Nour, on est bien d'accord, tu renonces.

— Je renonce à quoi ?

— Tu m'as très bien compris.

J'avais levé les yeux jusqu'au blanc et j'avais bâillé de fatigue. Le carillon venait de sonner onze heures. Avant d'aller se coucher, Amezyane m'avait de nouveau remercié de n'avoir aucune prétention concernant Nour car elle lui plaisait. Beaucoup.

Bien qu'Amezyane n'ait pas eu envie de fêter son anniversaire, j'avais proposé à Nour que nous fassions une balade, dans sa voiture flambant neuve, et que nous nous arrêtions dans une auberge pour déjeuner. Ainsi, nous trinquerions à l'enterrement de sa vie d'enfant et à la naissance de sa vie d'homme. Elle était d'accord, à la condition que son propre père soit de la partie. Nous avions déplié une carte de la région parisienne sur le bureau et nos doigts avaient parcouru, en s'effleurant parfois, des villes de banlieue, des routes de campagne et l'épais trait bleu d'une nationale glissant vers le sud. Nous avions arrêté nos recherches, car Nour n'envisageait pas de conduire plus loin, sur ce vaste massif boisé : la forêt de Fontainebleau. Elle s'était réjouie par avance de cette promenade car ce serait une belle surprise pour Amezyane qu'elle appelait affectueusement « le petit ». La balade aurait l'avantage d'ouvrir les bronches de son père encrassées par les vapeurs de colle à chaussures respirées toute la journée. Rendez-vous fut pris pour le dimanche, place Denfert-Rochereau, à dix heures pétantes.

Alors que je m'apprêtais à fermer la tannerie, Mohamed était entré dans le bureau pour récupérer *Combat* que je lui abandonnais, chaque soir, après l'avoir parcouru d'un œil distrait, la charge de travail ne me laissant que peu de répit pour la lecture.

— Alors, ce certificat d'études, ça approche. J'espère que tu es prêt.

Il avait quelques difficultés avec le passé simple et l'imparfait, mais pour la poésie il était confiant. Quant au calcul, il ne doutait pas de lui. Les chiffres ne pouvaient le trahir car ils étaient arabes, comme lui. Il avait ri de sa blague. Puis, il avait feuilleté le journal et m'avait lu un article faisant état de nouvelles violences au pays. La gendarmerie avait tiré, après sommation, sur la foule place du Gouvernement à Alger, pour la disperser. Il y avait eu de nombreuses arrestations d'activistes indépendantistes qui réclamaient l'égalité des droits avec les Français.

— Cinq morts et des blessés, qu'ils disent. Ils sont de plus en plus durs avec nous. Demain, ils vont nous hacher à la mitraillette comme à la guerre.

26

Nour maîtrise à merveille sa petite auto. Elle embraye, débraye et fait vrombir le moteur dans les virages comme si elle pilotait un bolide de course. À côté d'elle, Zahir a le sourire satisfait du père fier de sa fille. En revanche, on ne peut pas dire qu'Amezyane soit ravi d'être assis à l'arrière avec moi.

Lorsque Nour est arrivée au pied de l'immeuble pour nous récupérer, il a tout de suite compris que Zahir ne céderait pas sa place et il a continué de bouder. Il avait commencé à faire la tête le matin en découvrant ma tenue. Il m'avait trouvé trop élégant pour une simple partie en forêt. Il faut dire que j'ai de la gueule avec mon panama acheté dans un bazar de Jérusalem et mon costume de toile beige porté une seule fois, lors d'une sortie à Deauville avec Elvire, par un beau samedi de juillet. Elvire, moi, il me semble que c'était il y a une éternité.

Amezyane est en marinière, culotte courte, socquettes blanches et sandales. Le maillot rayé passe encore, mais la culotte à mi-cuisse, il ne le supporte pas. Je me suis engagé à lui commander des pantalons pour hommes à notre retour à Paris. Ça ne l'a pas rendu plus gai pour autant. En me voyant, Nour a dressé un pouce approbateur et a minaudé :

— Quelle classe, Adam. Vous ressemblez à Milord, le mannequin vedette de chez Christian Dior.

Je lui ai renvoyé le compliment car avec sa robe et son foulard du même rouge que son auto, elle est sensationnelle. Elle a jeté un bref regard sur la tenue d'Amezyane en s'abstenant de la commenter.

Il y a un ciel bleu grand comme un océan et un soleil pas trop chaud, juste ce qu'il faut, un soleil français comme on dit au pays. Nous traversons des villes, Thiais, Chevilly-Larue, Créteil, et les premiers villages de campagne. Zahir est comme un enfant, les yeux grands ouverts, il ne sait où donner de la tête.

— C'est beau toutes ces maisons, cette verdure, ces petits cours d'eau. Ah oui, il n'y a pas à dire, c'est beau la France, murmure-t-il pour lui-même.

Nour est heureuse. Elle bat la mesure avec son doigt sur le volant en fredonnant des notes de musique. Zahir reconnaît aussitôt le tempo, un sourire de tristesse flotte sur ses lèvres :

— Tu ne l'as pas oubliée. De là-haut, ta mère doit être fière de toi, elle aussi.

Son index bat plus fort : elle chante *Nar kwakoum lahab.* Zahir, bouleversé, dodeline de la tête. On dirait qu'il va pleurer. Amezyane me souffle que cette chanson qui raconte le feu brûlant ravageant les cœurs indifférents est démodée. D'ailleurs, il n'aime pas les chansons arabes. Il préfère les françaises. À la chorale de l'école de Bougie, il avait appris des chansons du répertoire des Compagnons de la chanson, un groupe tout ce qu'il y a de plus formidable. Je lui fais signe de se taire par respect pour Nour dont la voix se meurt en sanglots. Le feu brûlant s'est éteint. Zahir caresse tendrement la joue de sa fille. Amezyane demande si on lui permet de chanter une chanson, une seule. Notre silence vaut pour approbation. Il claque des doigts et chante à tue-tête :

— *Aux marches du palais... Y a une tant belle fille. Elle a tant d'amoureux... C'est un petit cordonnier qu'a eu la préférence... lon la...*

Zahir est le seul à apprécier.

— Un petit cordonnier, comme moi. C'est normal. Tout le monde aime les cordonniers.

Nour acquiesce. Son père a toujours été sa préférence.

Il est midi et demi. Nous sortons de Melun. Un panneau indique « Fontainebleau : 17 kilomètres ». Zahir commence à avoir faim. Il se manifeste en répétant qu'à cette heure-ci, normalement, il a déjà le torchon autour du cou. Nour accélère. Amezyane et moi sommes secoués, mais on ne se plaint pas, de peur de la déconcentrer. À la sortie de Barbizon, le village des peintres, des écrivains et des poètes, nous pénétrons dans la forêt. Amezyane, qui s'est renseigné lorsque je lui ai annoncé le but de notre virée, nous fait la leçon. Il y a trente-cinq millions d'années, ici, c'était la mer. C'est pour cela que l'on voit d'énormes rochers et au sol du sable fin. À ce jour, la forêt mesure dix-sept mille hectares et elle est peuplée de chênes, de pins sylvestres et de hêtres. Pour la faune, on recense surtout des cerfs, des sangliers, des chevreuils et des margouillats.

— On reconnaît bien là l'élève studieux que tu es, le complimente Nour.

— À la rentrée prochaine, je serai lycéen, répond Amezyane agacé.

— Bientôt un homme.

— Je suis déjà un homme.

— Bien sûr, bien sûr, Amezyane.

— Maintenant, je préférerais que tu m'appelles Adam quand tu t'adresses à moi.

— Elle est partie où, cette mer ? demande Zahir, l'œil toujours aux aguets.

Le silence général nous renvoie à notre ignorance.

Il est maintenant une heure et Zahir a très faim. Une pancarte aguicheuse vante les mérites de la cuisine bien française de l'auberge du Grand Veneur, située à un kilomètre.

Au restaurant, Amezyane a habilement manœuvré pour se retrouver face à Nour. Il ne perd pas une seconde pour entamer la conversation. À dire vrai, il s'agit plutôt d'un monologue. Il fait l'éloge de sa conduite automobile, surtout la manière dont elle passe les vitesses avec le petit doigt levé. Sa robe rouge, il adore, ses lunettes de soleil plantées dans ses cheveux lui donnent des allures de vedette de cinéma américaine. Quoi d'autre ? Ses yeux, il n'en a jamais vu de si beaux. Nour soupire.

Zahir est impressionné par le cadre du restaurant. Toutes ces peintures suspendues aux murs qui représentent des scènes de chasse en forêt, ces serveurs dans leurs beaux tabliers blancs qui vont d'un pas pressé, les bras chargés de plateaux, d'un bout à l'autre de la salle, et cette cheminée à grande hotte dans laquelle rôtissent au-dessus des braises incandescentes deux cochons de lait et un cuissot de chevreuil, tout l'émerveille.

À table, il ne sait comment se tenir. Parfois il croise les bras et demeure immobile, comme pour se donner de la prestance, parfois il pose les mains sur les accoudoirs de son fauteuil, parfois il martyrise entre ses doigts sa serviette à carreaux rouges et blancs.

Aujourd'hui, me confie-t-il, est une journée à marquer d'une pierre blanche, c'est la première fois qu'il sort de Paris depuis son arrivée en France avec sa fille. C'est aussi la première fois qu'il déjeune dans un grand restaurant. Et quel restaurant ! Je lui lis la carte : entrées, cassolette d'écrevisses ou tatin de cèpes, plats, civet de chevreuil façon grand veneur ou goulasch de cerf. Ces plats nous sont étrangers. Le serveur vient prendre la commande. Nour prend un goulasch, aussitôt imitée par Amezyane. Zahir et moi tentons le chevreuil. Le service nous félicite pour nos choix et précise que le chevreuil et le cerf ont été marinés dans les meilleurs vins de Bourgogne.

— Pardon monsieur, vous n'avez pas quelque chose sans alcool, parce que nous, vous voyez ce que je veux dire, marmonne Zahir qui n'ose pas affronter le regard du serveur.

Le serveur comprend à qui il a affaire et nous suggère une omelette aux pommes de terre. Pour boire, il nous préconise Apollinaris, une eau à la minéralité exceptionnelle que ses clients mahométans apprécient.

Amezyane, qui nous snobe, poursuit sa discussion avec Nour.

— Tu as déjà été amoureuse ? Je veux dire comme dans les romans.

— Tu sais, moi, les hommes, je n'ai pas la tête à ça.

— Tu devrais. Moi, dit-il en se rengorgeant, je ne verrais aucun inconvénient à me marier avec une femme plus vieille que moi.

Nour sourit.

— Combien, dix, vingt, trente ans ?

— Pas une vraie vieille. Quelques années de plus, comme toi et moi par exemple.

— Toi et moi, ce n'est pas un bon exemple.

— Pourquoi pas ?

— Concentre-toi sur tes études au lieu de dire des bêtises.

— Étudier n'empêche pas de penser à me marier.

Nour ne sourit plus.

Le serveur nous a apporté nos plats et la bouteille d'eau. Nous dégustons nos omelettes aux pommes de terre, sauf Amezyane qui, vexé de s'être fait remettre en place, ne mange rien. Le serveur revient avec sa carte des desserts. Nous le remercions car nous sommes rassasiés. Nour me regarde, j'opine d'un discret hochement de tête. Elle sort de son sac à main un petit coffret qu'elle tend à Amezyane. Il hésite à le prendre.

Nour insiste :

— Adam m'a dit que tu ne voulais rien pour ton anniversaire, mais moi je ne suis pas d'accord. On n'a qu'une fois quatorze ans dans sa vie.

Amezyane me fusille du regard et finit par ouvrir le petit coffret. C'est une montre en acier, carrée, à chiffres romains, avec un bracelet en peau de crocodile.

— Elle ne s'est pas moquée de toi, dit Zahir. Une vraie montre d'homme.

Amezyane cache son embarras derrière un sourire gêné puis il met la montre autour de son poignet et la colle à son oreille pour écouter le doux tic-tac. Voilà qu'une larme glisse sur sa joue et, le regard perdu dans le lointain, il commence à parler de sa fête d'anniversaire, l'an dernier. Il était avec ses parents, dans la propriété familiale, on avait fait un méchoui, il avait invité ses camarades de classe et ensemble ils avaient joué jusque tard dans l'après-midi. Son père lui avait offert Antar, un pur-sang, et sa mère avait redoublé de tendresse à son égard. Il baisse la tête pour cacher d'autres larmes. Nour lui prend la main et lui chuchote à l'oreille de cesser de pleurer comme un enfant. Amezyane blêmit, se lève de table, répète une fois encore qu'il est un homme maintenant.

Amezyane nous a gâché l'après-midi. Il est parti cuver sa nostalgie des beaux jours perdus en forêt et s'est égaré dans des chemins qui ne menaient nulle part. C'est à la tombée du soir qu'il est réapparu, penaud, le maillot marbré de sueur, les mollets griffés par les ronces, devant l'auberge du Grand Veneur. Il était temps de rentrer.

Zahir a laissé sa place à l'avant à Amezyane qui a retrouvé le sourire en jouant au copilote.

Zahir pense à Alger. Sa ville lui manque. Ses odeurs, sa petite échoppe au pied de la basse casbah, le bleu de la mer qui se confond avec celui du ciel, ses copains aussi, même nos colons et le peuple des petits roumis lui manquent.

— Et toi, tu n'as pas envie de retourner dans ta Kabylie ?

— Je ne sais pas. J'y ai plus de mauvais que de bons souvenirs.

— Les mauvais souvenirs, au pays, on en a tous. C'est pour ça qu'on va tout faire pour que ça change.

À l'avant le ton monte, Nour n'en peut plus d'entendre Amezyane l'abrutir de conseils :

— Non pas là. À gauche. Si tu m'avais écouté on ne se serait pas perdus. Tu as manqué l'embranchement.

Nour lui ordonne de se taire car la nuit est là et il l'empêche de se concentrer.

Porte d'Orléans, Amezyane s'énerve :

— Tu t'es trompée, c'était tout droit.

Nour freine brutalement. L'auto qui nous suivait nous percute. Nour craque et le gifle. Nous descendons pour constater l'étendue des dégâts. Rien de grave. Le pare-chocs est à peine déformé. La conductrice de l'autre auto est sortie et découvre qu'une aile est enfoncée et que le radiateur fuit. C'est une jeune femme d'une vingtaine d'années. Elle porte un blouson de cuir noir, un pantalon qui moule ses formes et elle est coiffée d'un béret vert d'où sortent des boucles de cheveux blonds. Pourtant ce n'est pas sa tenue qu'on remarque d'emblée, ce sont ses grands yeux bleus outrageusement fardés de vert et son visage tout en os poudré de blanc, un peu comme un clown qui n'aurait pas terminé de se démaquiller. Elle s'excuse. Nour s'excuse. Elles s'excusent toutes les deux ensemble. Pendant ce temps, ça bouchonne, ça klaxonne, ça vocifère. Dans ce vacarme, on entend une sirène de police. Zahir, Amezyane et moi poussons les autos sur le trottoir pour libérer le carrefour. Le fourgon de police arrive. Les portières claquent. Ils sont quatre gaillards à en descendre. Le plus gradé contrôle permis de conduire et papiers des véhicules. Tout est en règle. Il donne vingt-quatre heures à la jeune femme pour débarrasser sa voiture de la voie publique, passé ce délai, elle partira à la ferraille. Puis il jette un regard circulaire autour de lui et nous demande nos papiers. Nous les présentons. Il les examine de près, recto verso, comme s'il s'agissait de faux. Un policier s'est avancé :

— On les passe à la fouille, chef ?

— Pourquoi vous voulez nous fouiller, on n'est pas des voyous ! s'indigne Amezyane.

— On t'a sonné, p'tit moricaud ? réplique le gradé.

— Je ne suis pas un moricaud. Je suis français, comme vous.

— Ah bon, toi y en a un Français comme nous. Allez, les mains en l'air.

— Adam, tu as vu comme il nous traite.

— On dirait que tu découvres la lune, petit.

Ils ont fouillé nos poches de vestes, de pantalons, palpé nos cuisses, nos entrecuisses et nos fesses, puis on nous a rendu nos papiers. Les filles ont échangé leurs adresses pour établir un constat à l'amiable. Avant de monter dans un taxi qu'elle venait de héler, la conductrice s'est encore excusée en fixant Nour au fond des yeux, puis elle s'est évanouie dans la nuit.

27

La vie est courte mais les nuits sont longues quand on est seul. Il fait nuit, la fenêtre est ouverte, il y a une nuée d'étoiles dans le ciel bleuté, je suis allongé sur mon lit, la Craven A au bout des doigts, et je regarde les volutes de fumée blanche danser au plafond. À côté, dans sa chambre, Amezyane ne dort pas. Je le devine au rai de lumière jaune qui filtre sous sa porte. Il doit lire. Il lit beaucoup. Jusqu'à l'aurore, parfois. Lorsqu'il n'a plus rien à lire, il m'emprunte mes livres. Ça me plaît bien qu'il y trouve de l'intérêt. Ce qui me plaît davantage encore, c'est qu'il ne me serine plus ses leçons apprises à l'école française de Bougie, où il n'est question que de la grandeur et de la générosité de l'empire aux cent millions d'âmes. J'aimerais que l'on parle du futur de l'Algérie, savoir par exemple comment il l'envisagerait sans la France, mais je ne crois pas qu'il soit prêt pour ce genre d'échanges. Il est si attaché à la mémoire de son père qu'il pourrait penser que c'est une manière détournée de le dénigrer.

Il y a quinze jours, son professeur principal m'a convoqué pour la remise de son bulletin de fin d'année scolaire. Il m'a complimenté pour m'être si bien occupé de lui, car le déracinement ne semble pas l'avoir affecté. Il est certain qu'au lycée il sera un brillant élève, pour peu qu'il maîtrise ses accès de colère lorsqu'on le brusque ou qu'on le blesse. J'ai ouvert grand les bras pour le féliciter, mais il a reculé d'un pas et m'a tendu une main raide.

Le soir même, nous sommes allés manger une glace au Lion, la brasserie sur la place Denfert-Rochereau. Comme nous n'avions rien à nous dire d'inédit, je lui ai demandé ce qu'il comptait faire de sa vie.

— C'est quoi la vie ? a-t-il répondu en souriant.

Je suis resté sans voix.

— Tu vois, toi non plus tu ne sais pas ce qu'est la vie, pourtant tu as déjà beaucoup vécu.

Je suis resté encore silencieux, puis j'ai pointé du doigt l'enseigne lumineuse du théâtre Molière, là, à deux pas, sur la rue d'Alésia.

— La vie c'est ça, Amezyane.

— Un théâtre ?

— Oui, un théâtre. Imagine que je t'emmène voir une pièce et que je te dise : « Amezyane, on rentre un quart d'heure après le début et on sort un quart d'heure avant la fin. » Tu vas me répondre que je suis maboul. Pourtant la vie ce n'est pas autre chose.

Elle a commencé avant toi et elle finira après ton départ. Tu ne sauras jamais le mot de la fin.

Il a fait : « Ah. » Il y avait de l'admiration dans ce « Ah » là. C'était bien la première fois.

Par petites touches, centimètre par centimètre, nous nous apprivoisons. Nous communiquons à coups d'œillades, de sourires, de grincements de dents, de longs silences, souvent.

En ce moment, Nour est la cause de ses tourments et de ses insomnies. Elle le délaisse pour une autre. Camille, la fille aux grands yeux bleus de la porte d'Orléans. Elles n'ont pas simplement établi un constat à l'amiable pour l'accident, elles ont noué une vive amitié et sont devenues inséparables. Elles peuvent se parler une heure durant au téléphone sans jamais se lasser. J'ai compris à travers des bribes de leurs conversations que Camille est modiste. D'où son chapeau chaque fois nouveau lorsqu'elle vient la chercher pour sortir après le travail. Amezyane est jaloux de leur relation. Il n'a pas sa place entre ces deux femmes. Dernièrement, il s'est encore rapproché de moi, physiquement cette fois. Il vient à la tannerie tous les jours sur le coup des cinq heures, s'assoit dans mon fauteuil et fait semblant de lire le journal pour espionner Nour. Dès que Camille arrive, il fait l'intéressant pour sortir avec elles. Nour lui oppose chaque fois un refus ferme mais poli.

Amezyane ne se remet pas d'être évincé de leur duo et me pose inlassablement la même question : « Qu'est-ce qu'elle a de plus que moi, cette Camille ? »

Aussi inlassablement, je lui réponds qu'elles ont le même âge, les mêmes centres d'intérêt, et qu'elles doivent le trouver un peu jeune pour l'emmener en virée. Il baisse la tête quelques secondes puis revient à la charge. Et moi, je me demande ce que je vais faire de ce grand jeune homme pendant toutes les vacances.

S'il y en a un qui sait ce qu'il va faire de ses vacances, c'est Mohamed. Il a réussi l'examen du certificat d'études primaires avec la mention bien. En attendant de partir pour Biskra bicher devant sa famille avec son beau diplôme, il l'a affiché sur la porte de son vestiaire. Je l'ai félicité du bout des lèvres parce que je ne veux pas qu'il se sente redevable de quoi que ce soit à mon égard. Ce que j'ai fait pour lui, je l'ai autant fait pour moi. Il est arrivé en France analphabète, ne sachant que quelques mots de français cassé, et le voilà maintenant récipiendaire d'un diplôme d'État signé par le recteur de l'académie de la Seine. Je suis heureux et fier de lui.

Samedi matin, j'ai retroussé mes manches pour aider Lucien. Nous avons sorti des peaux du bassin d'ammoniaque où elles avaient dessalé pendant une semaine pour les plonger dans une cuve d'eau et de soude, afin de les débarrasser des restes de chair accrochés. Ces chairs serviront à faire de la colle et des poils de pinceaux. Rien ne se perd en tannerie. C'est un travail de force parce qu'une peau de vache mouillée pèse soixante kilos, et nous en avons tiré quarante. Il y avait longtemps que je ne m'étais pas colleté à l'exercice. Ça m'a fait du bien de réveiller mes muscles amollis par des mois de tâches de bureau. Quand on a eu fini de nettoyer l'atelier, on s'est assis sur un banc, dans la cour, le torse nu marbré de sueur pour sécher au soleil. On s'est partagé un casse-croûte à l'omelette avec un piment sanglant dedans. Lucien m'a dit que je manquais de souffle mais que j'avais encore les épaules solides, puis il m'a demandé quel âge j'avais.

J'ai montré trois doigts de chaque main.

— Trente-trois ans. Sans vous faire de la peine, chef, je vous en donnais plus.

Combien ? Il préférait garder ça pour lui. Il trouvait que ce qui me vieillissait, c'était cet air sérieux qui marquait mon visage depuis qu'Elvire n'était plus là. Puis il a voulu savoir si j'avais de ses nouvelles. J'ai fait non de la tête.

— Est-ce que vous pensez encore à elle, chef ?

— Quand on m'en parle, j'ai répondu sèchement.

Lui non plus ne respirait pas la joie de vivre. Il ne partirait pas en vacances cette année parce qu'il allait se séparer de son épouse après quelques petits mois de mariage. Ce n'était pas qu'elle ne lui plaisait plus, sa danseuse de bal, mais il ne l'aimait pas assez pour imaginer toute une vie auprès elle.

Est-ce que je pouvais le comprendre ? Sa femme, elle, ne le comprenait pas. Elle se serait contenté de la tendresse qu'il pourrait lui concéder. Je ne me sentais pas le mieux placé pour disserter sur les choses de l'amour. Ma vie sentimentale n'était pas un échec, c'était une belle catastrophe. À la vérité, Lucien se fichait bien de savoir si je le comprenais ou pas. Il m'avait entraîné sur ce terrain pour me parler de Nour. C'était tout son drame. Dès qu'il la voyait arriver le matin dans sa petite auto rouge, c'était toujours pareil. La même émotion le submergeait, son cœur battait trop vite, trop fort, et il avait les mains moites. Il attendait un regard, un sourire, quelques mots gentils qui lui donneraient à espérer que demain peut-être, elle et lui... Nour le regardait mais elle ne le voyait pas. Lorsqu'il lui parlait, elle ne l'entendait pas. Il se maudissait de s'être entiché d'une femme pour laquelle il n'était qu'un ouvrier parmi d'autres. Nour était sa torture de tous les jours et son obsession de chaque nuit. Je lui ai conseillé de se consoler, au Balajo, dans les bras d'autres femmes.

— Je n'ai plus la tête à danser, chef, a-t-il répondu dans un soupire désespéré.

La moitié des ouvriers ont pris leurs congés d'été. Dans une semaine, il n'y en aura plus un seul. Je serai comme un capitaine sans équipage, mais ça ne me dérange pas. Je fermerai quelques jours, je continuerai à lire des livres sur la Révolution française, mon modèle indépassable.

« Que la tête couronnée tombe pour que le peuple relève la sienne. » C'était la citation de Danton à l'Assemblée législative le 13 août 1793, que j'avais retenue pour la dernière réunion avant les vacances. Nous avions deux heures pour en débattre. Mansour, voulant plaisanter, m'avait suggéré de sortir de mes livres d'histoire pour m'aérer l'esprit, car je devais être sacrément fatigué pour voir un roi en Algérie.

— C'est une image, l'avais-je rabroué. Ça signifie que c'est le peuple qui doit être souverain.

Rien n'y a fait.

Je n'avais pas pu les tenir et nous avions discuté du seul sujet qu'ils avaient à cœur : la liberté. L'un la voyait comme un fruit qui nous était défendu. Pour un autre, Mustapha, nouveau dans le groupe, écrivain public dans des bistrots à Barbès, la liberté était un mot magique ouvrant sur mille rêves. Que faire de cette liberté, une fois libre ? s'était demandé Mouloud, paniqué à l'idée d'avoir à décider seul de son propre avenir. Boualem, qui d'habitude ne sortait que des âneries, avait dit quelque chose d'intelligent qui nous avait ébahis : « La liberté, c'est refuser ce qu'on ne veut pas faire. »

Tout était dit.

Peu après, Nour a annoncé à Amezyane qu'elle ne partirait pas en vacances avec lui mais avec Camille. Ensemble, elles iraient faire du camping à La Rochelle. Depuis, la mélancolie a gagné Amezyane. L'après-midi, il trompe l'ennui au parc Montsouris. Quand il est las d'avoir traîné sa solitude dans ses allées, il rentre et s'enferme dans sa chambre pour ne plus en bouger. Je lui ai proposé que nous prenions le train pour la mer, celle du Nord, par exemple, que l'on dit d'opale. Il a haussé les épaules avec indifférence. Le train pour la montagne, la haute, celle avec des neiges éternelles alors.

Je n'ai pas eu plus de succès.

Nour a des remords de le laisser en plan mais elle ne veut pas l'imposer. Camille, bonne fille, a dénoué la situation.

Que ne ferait-elle pas pour satisfaire sa nouvelle amie ?

Elle a accepté qu'Amezyane soit du voyage à la condition qu'il reste discret et surtout qu'il ne ramène pas sa science à tout bout de champ.

Amezyane a glissé dans sa valise des pantalons longs, des chemises, mon panama que je lui ai donné et un guide touristique sur La Rochelle et ses environs acheté à la hâte chez Joseph Gibert, la grande librairie du boulevard Saint-Michel.

Le matin du départ, il était sur le trottoir, sa valise à la main, une heure avant qu'elles n'arrivent. C'est sûr, il allait m'écrire une carte postale, peut-être plusieurs, pourquoi pas une lettre. Il avait ouvert sa veste pour me montrer son stylo-plume dans la poche intérieure. Il ne manquerait pas non plus de me ramener quelques souvenirs pour égayer notre maison d'hommes. Quand l'auto rouge est arrivée en klaxonnant, il s'est retenu de m'embrasser ; il m'a tendu la main, comme à son habitude. Je l'ai gardée longuement dans la mienne en lui souhaitant du bon temps. Il m'a dit : « Merci, Adam », et dans un murmure : « Tu es un chic type, tu sais. »

Il s'est installé à l'arrière de l'auto et a posé sa valise sur ses genoux. Les filles resplendissaient avec leurs grands chapeaux de soleil, leurs lunettes aux verres teintés et leurs robes vichy roses. J'ai allumé une cigarette, ma main tremblait lorsque je leur ai fait un signe d'au revoir.

Je suis remonté chez moi pour faire un grand ménage. Je suis entré dans la chambre d'Amezyane, j'ai ouvert la fenêtre pour chasser cette odeur de jeune mâle. Sur son lit, en évidence sur son oreiller, il y avait mon carnet rouge.

28

J'ai eu des frissons et des palpitations dans la poitrine et, malgré le grand courant d'air engouffré dans la chambre, j'étouffais. Je me suis assis sur le bord du lit, j'ai pris mon carnet rouge, j'ai caressé d'un revers de main sa couverture et, délicatement, j'ai tourné les pages comme si c'était un livre saint. Les larmes me sont montées aux yeux. Étaient-ce des larmes de joie ou de chagrin, je ne savais pas. Le temps s'était arrêté. J'étais dans un autre monde. Celui de mes souvenirs de guerre. Je me revoyais dans la boue, le gel, la neige, je me revoyais sous des mauvais soleils et des nuits sans lune, écrivant des mots de peine, d'espérance, de fidélité qui, mis bout à bout, étaient des messages qui clamaient mon manque d'elle.

... Zina, amour de ma vie, je vais me battre la rage au ventre pour sortir de cet enfer. Nous avons tant à nous aimer tous les deux. Ma bien chère Zina, accepte mes baisers les plus doux et

l'assurance de mon affection la plus sincère. Adam qui ne pense qu'à toi.

Verdun, le 30 janvier 1940.

... Zina, tu es en moi jusqu'au dernier repli de mon âme. C'est ainsi et je n'y peux rien. Et je me demande de quoi sont faites tes journées. Et je maudis, chaque jour, les fauteurs de guerre qui nous ont arrachés l'un à l'autre. Il est temps de me séparer de toi car, comme dans la chanson de l'ami Pierrot que l'on chantait sur nos chemins de chèvres, ma chandelle est morte, je n'ai plus de feu.

Ma bien chère Zina, accepte mes baisers les plus doux et l'assurance de mon affection la plus sincère.

Adam qui ne pense qu'à toi.

Schoenenbourg, le 10 mai 1940.

Ma bien chère Zina,

Je me suis évadé du camp de travail. Je suis à Paris. J'ai peur que tu ne me trouves changé. J'ai peur que tu ne changes d'amour. J'ai peur de ne plus te revoir. J'ai peur du noir. J'ai peur de la nuit. J'ai peur de mes cauchemars. J'ai peur de te perdre.

Ma bien chère Zina, accepte mes baisers les plus doux et l'assurance de mon affection la plus sincère.

Adam qui ne pense qu'à toi.

Paris, la rue de Maubeuge, Le Sidi de Bel Abbes, le 10 février 1942.

Ma bien chère Zina, il est temps de me séparer de toi car plus je t'écris, plus j'ai le mal de toi. Et je sais que jamais aucun mot ne remplacera la musique de ta voix, la chaleur de ton corps, les murmures de ton cœur.

Ma bien chère Zina, accepte mes plus doux baisers et l'assurance de mon affection la plus sincère.

Adam qui ne pense qu'à toi.

Paris, 30 avenue des Gobelins, le 12 février 1942.

... Je vais prendre le risque de rentrer au pays parce que je n'en peux plus de te rêver. Tu te souviens de cette citation que nous avait donnée à apprendre notre instituteur ; tu te trompais chaque fois. Je disais : « Qui ne risque rien n'a rien », et toi tu disais : « Qui ne risque rien n'est rien. »

C'est toi qui avais raison. Qui ne risque rien n'est rien.

Il est déjà bien tard. Mes idées se brouillent. Je te laisse avec l'espoir que tu penses toujours à moi.

Ma bien chère Zina, accepte mes plus doux baisers et l'assurance de mon affection la plus sincère.

Adam qui ne pense qu'à toi.

Dives-sur-Mer, le 15 juin 1942.

Ma bien chère Zina,

Mon carnet rouge touche à sa fin. Il ne lui reste que quelques pages. Je vais les garder pour mon retour. Quand ? Je préfère ne pas y penser mais j'espère que ça ne va plus tarder. Sache que si, malgré tout, il m'arrivait malheur, je ne t'oublierais jamais. Même du fond de mon tombeau.

Ma bien chère Zina, accepte mes baisers les plus doux et l'assurance de mon affection la plus sincère.

Adam qui ne pense qu'à toi.

Avenue des Gobelins, le 20 juillet 1942.

Ma bien chère Zina,

Je vogue vers toi le cœur plein d'allégresse. J'ai appris de cette guerre que nous sommes ce dont nous nous souvenons. Et moi, je me souviens de tout. De ton premier regard, de notre premier baiser, de notre fuite dans la forêt, de notre arrachement l'un à l'autre, de la guerre et de ses horreurs. Tout est consigné dans mon carnet rouge. Les cornes de brume trompettent. La Kabylie est en vue.

Je te dis à demain.

Ma bien chère Zina, accepte mes plus tendres baisers et mon affection la plus sincère.

Adam qui ne pense qu'à toi

La Méditerranée, le 30 août 1944.

Je n'ai pas cessé de relire, jusqu'à me brûler les yeux, ces quelques lignes au dos de la dernière page.

Adam, tu es la lumière de mes yeux. Aujourd'hui, tu as eu treize ans. Demain tu seras un homme, mon fils. Je ne peux plus garder ce secret pour moi. Il me pèse depuis ta naissance. Ton père n'est pas le caïd El Hachemi. L'homme qui a embrasé mon cœur pour toujours s'appelle Adam Aït Amar. Je jure devant Allah et Mohamed, notre prophète, que le salut soit sur lui, qu'il est ton père. J'entends partout que le pays va vers une nouvelle guerre. Du sang et des larmes vont encore couler. On ne sait pas ce que l'avenir nous réserve, mais s'il m'arrivait malheur, trouve Adam Aït Amar, montre-lui son carnet rouge et il te dira que la guerre a tué nos rêves de jeunesse...

Mon bien cher fils, accepte mes plus tendres baisers et mon affection la plus sincère.

Ta mère qui ne pense qu'à toi.

Au soir, j'étais toujours assis sur le bord du lit avec mon carnet plaqué tout contre moi. Je ne savais toujours pas si je pleurais parce que j'avais un fils ou parce que Zina avait toujours dix-sept ans et qu'elle était en moi pour l'éternité.

29

Après avoir fait un tour dans la tannerie pour contrôler le matériel à réparer, à renouveler, et passé commande d'écharnoirs ainsi que de produits chimiques, j'ai reçu un appel d'Alilou. La situation ne s'arrangeait pas au pays. Des soldats venus en renfort des gendarmes patrouillaient nuit et jour dans les rues d'El Kseur. Ils étaient armés comme en temps de guerre. Un des buveurs de soleil lui avait lu que *L'Écho d'Alger* avait titré sur toute sa première page que le climat était à l'insurrection. L'Administration recommandait aux colons de ne plus s'aventurer dans le quartier musulman, au risque d'y laisser leur peau. Un nouveau décret avait été promulgué : le délit d'outrage par le regard envers un fonctionnaire de police. Il était puni de trois mois d'emprisonnement. Le fils cadet d'Alilou purgeait sa peine au pénitencier de Bougie pour s'en être rendu coupable. Ce n'était pourtant pas pour cela qu'il m'appelait – enfin pas seulement. À Bousoulem, hier, ça avait bardé. Des rebelles, descendus du djebel, s'étaient introduits de nuit au village pour se ravitailler en eau et en nourriture, puis ils s'étaient repliés chez moi pour se reposer avant de reprendre le maquis. Grand mal leur en avait pris. Les gendarmes alertés par Zoubir, le chaouch de la mosquée, avaient rappliqué. Après des échanges de coups de feu et des jets de grenades, on comptait un blessé parmi les gendarmes. Les rebelles, au nombre de six, étaient tous morts. Ma maison était dévastée. Il m'a cité leurs noms, je les connaissais tous. C'étaient des gars natifs de Bousoulem ou des villages avoisinants. Puis il a passé l'appareil à Tarik, autoproclamé entre-temps chef du groupe des rebelles. Il a été bref. Les cadavres avaient été enterrés dans notre cimetière après la prière de l'aube et tous au village s'étaient cotisés, chacun à sa mesure, pour subvenir aux besoins des familles orphelines. Sans détour, il m'a demandé de participer à la quête. Fort de son statut, il s'était missionné pour récolter des fonds. Je lui ai répondu que j'y pourvoirais à ma hauteur.

— Quelle hauteur ? Le flouze, combien, Adam Aït Amar ?

— J'enverrai directement ma part aux familles, ai-je répliqué aussi sec.

— Tu ne me fais pas confiance ?

— Je n'ai pas besoin d'intermédiaire.

Il y a eu un blanc dans le téléphone. Alilou a menacé Tarik d'interrompre la communication avec la France s'il n'avait plus rien à me dire. Mais il n'en avait pas fini. Il voulait avoir des nouvelles d'Adam. Il y avait de l'ironie perfide dans sa question.

— Il va bien, c'est un brave jeune homme, ai-je répondu froidement.

— Ça fait plaisir de savoir que tu t'entends bien avec le fils du caïd El Hachemi.

C'était assez. J'ai raccroché.

J'étais sur le point de fermer la tannerie quand on a tambouriné au portail. J'ai ouvert. Il a sorti sa carte de police barrée de bleu, blanc, rouge, qu'il a aussitôt rangée d'un geste preste dans la poche intérieure de son imperméable kaki. Puis il s'est présenté : inspecteur Obadia, du commissariat de Gentilly. Il était de taille modeste, avait des cheveux noirs coupés en brosse, le teint olivâtre et des petits yeux de souris qui ne vous lâchaient pas. Surtout que je ne m'inquiète pas, il était là seulement pour me poser quelques questions. Il avait l'accent pointu des bourgeois des grandes villes d'Algérie.

— Que se passe-t-il ? me suis-je inquiété.

— Rien. Pour l'instant.

Comme nous étions sur le pas de la porte, je l'ai prié de me suivre dans mon bureau. Je lui ai proposé un fauteuil, il a refusé. Alors nous sommes restés face à face, regard contre regard. La raison de sa visite était ce qu'il appelait mes meetings des dimanches après-midi.

J'ai feint l'étonnement.

— Je vous respecte monsieur Aït Amar, ne me prenez pas pour un couillon.

Ça faisait des mois qu'on observait le petit manège de mes coreligionnaires à la tannerie. Coreligionnaires, c'est le mot qu'il a employé pour désigner mes compagnons. Au début, on avait cru qu'il s'agissait d'une poignée d'Algériens mélancoliques qui se réunissaient pour causer du pays. Mais ces derniers temps… Il a sorti un petit calepin écorné à chaque page et a lu : « De février à juin de cette année. Jusqu'à trente-huit personnes par meeting. »

— Je vais jouer franc jeu avec vous. Je sais que vous vous retrouvez pour faire de la politique. Vous complotez contre l'État. C'est très grave.

— Je ne complote pas. Je réunis des compagnons pour deviser sur l'avenir de mon pays. Ça n'est pas la même chose.

Il n'a pas répondu car il m'avait tourné le dos et contemplait la bibliothèque dans laquelle Nour avait rangé, sur trois étagères, les registres de comptes, les carnets de commandes et des catalogues d'échantillonnages de cuirs. Sur la dernière étagère, celle du bas, il restait les pièces de théâtre d'Elvire, des traités d'économie ayant appartenu à M. Bergman, ainsi que des romans que j'achetais chez Joseph Gibert pour les lire lors de mes nuits blanches et qu'il m'arrivait de terminer à la tannerie lorsqu'il n'y avait plus personne. L'inspecteur en a pris un au hasard, c'était *Mémoires d'outre-tombe*.

— Chateaubriand, j'ai beaucoup aimé, mais il faut s'accrocher. Vous l'avez lu, monsieur Aït Amar ?

— Vous avez raison, il faut s'accrocher.

— Vous aimez les livres, monsieur Aït Amar ?

J'ai acquiescé. Lui aussi les aimait. Il avait fait des études de lettres pour enseigner la littérature moderne à la faculté de Bône et il avait l'espoir d'embrasser une carrière d'écrivain. Il s'en croyait le talent. Son père, brigadier-chef au commissariat central, avait brisé ses projets d'écriture. Qu'il fasse l'écrivain à ses heures perdues si ça lui chante, mais on ne nourrit pas une famille en se payant de mots. C'était sa vérité. Obadia, la mort dans l'âme, comme on dit dans les romans de médiocre facture, avait écouté son paternel et réussi brillamment le concours de police. Aussitôt, il avait demandé à exercer en métropole. Désormais, ses études de lettres n'étaient plus qu'un douloureux souvenir sans aucune utilité pour rédiger des rapports de police.

— C'est triste, n'est-ce pas ?

— Très.

Pendant qu'il regardait les autres livres, il a continué de me parler, sur un ton aimable, un peu à la manière d'un confident.

— Vous savez qu'en Algérie on est aux portes de la guerre. Des rébellions et des émeutes sont matées chaque jour. Ici, on a ordre de casser tout regroupement de musulmans pour que la gangrène ne gagne pas la métropole.

— J'ai le droit de réunir qui je veux chez moi.

— Ce ne sont pas des réunions, mais des meetings à caractère politique. Vous risquez gros. On a des preuves contre vous.

— On. C'est qui on ?

— Monsieur Aït Amar, je suis juif. La dernière guerre n'est pas si loin. Les gens ont gardé cette fâcheuse habitude de parler à la police.

Il a fait un geste ample du bras pour montrer les immeubles qui nous entouraient. Puis il a sorti *La Peste* coincée entre deux romans de Georges Simenon.

— Vous l'avez lue ?

— Je l'ai lue.

— Moi non. Ça parle de la peste, j'imagine.

— Pas seulement.

— Vous avez aimé ?

J'avais aimé ce livre parce que je m'étais instruit des ravages de cette épidémie, mais j'avais regretté que parmi tous les personnages qui avaient subi ce fléau on ne rencontrât aucun Algérien. Oran, sous la plume de son auteur, ressemblait à n'importe quelle petite préfecture du sud de la France. J'avais pensé, et c'était tout l'intérêt de cette lecture, que le Français qui ne connaissait rien de l'Algérie pouvait tout comprendre du fossé qui nous séparait des roumis.

— Vous résumez bien. Vous êtes un intellectuel, monsieur Aït Amar. Je ne vous le reproche pas. J'aurais aimé l'être, moi aussi.

Et feuilletant distraitement quelques pages il a poursuivi :

— Vous êtes bel homme. Vous avez sans doute beaucoup de succès auprès des femmes. Votre argent vous rend libre. Un conseil, ne gâchez pas votre temps pour une cause perdue d'avance. Faites comme moi, oubliez d'où vous venez, vous ne vous en porterez que mieux. De vous à moi, ça fait dix ans que je ne suis pas retourné à Bône et ça ne me manque pas.

— Merci de votre conseil, inspecteur. Mais de vous à moi, l'argent me donne des devoirs. Si les miens ne sont pas libres, je ne suis pas libre.

Il s'est forcé à rire puis, tel un automate, il s'est figé.

— Vous êtes encore plus dangereux que je ne le pensais, monsieur Aït Amar.

— Et maintenant, qu'est-ce que vous allez faire ? Un rapport. Puis le juge d'instruction. Puis la prison, peut-être.

Il a marqué un temps, ses petits yeux de souris se sont braqués sur moi et il a dit sur un ton de menace à peine voilé :

— Ne faites plus de meetings, sinon... vous m'obligeriez à faire mon travail, monsieur Aït Amar.

Il a voulu remettre *La Peste* dans la bibliothèque mais j'ai retenu sa main.

— Gardez-le. Vous vous y retrouverez, monsieur l'inspecteur.

Et la journée a continué avec une autre contrariété et un autre bouleversement.

J'attendais une carte postale d'Amezyane et c'est une lettre qui m'est parvenue. Même en vacances, il demeure un élève appliqué. Il a écrit en haut à gauche, La Rochelle, et la date, le 20 août 1953, au centre de la ligne suivante, mon prénom, sans aucune prévention.

Puis ses mots ont cogné comme un boxeur lâche ses coups :

J'ai songé à t'envoyer une carte avec des bateaux, des flots bleus et des oiseaux de mer, mais je ne suis pas d'humeur à écrire des mots de touriste. Je préfère la lettre pour te dire ce que mes yeux ont vu et ce que mes oreilles ont entendu. J'ai passé un séjour comme jamais je n'aurais imaginé cela possible. Je ne vais pas te parler de La Rochelle car je suis si choqué que je n'y ai pas prêté attention. Je veux te parler de Nour et Camille. Elles m'ont isolé dans une petite tente canadienne à l'autre bout du camping. Le soir, elles sortent ensemble et je me morfonds seul dans la nuit. Le jour, elles prennent des bains de mer, batifolent dans l'eau, me laissant sur la plage pour surveiller leurs affaires. L'unique moment où nous sommes ensemble, c'est pour le repas de midi. L'autre soir, je n'avais pas sommeil, j'ai erré dans la nuit noire du camping. Je suis passé devant leur tente. Le rideau était mal bouclé, je me suis mis à plat ventre. J'en ai encore des haut-le-cœur. Elles étaient nues, entièrement nues, enchevêtrées l'une dans l'autre et elles gloussaient qu'elles s'aimaient. Qu'une fille aime une autre fille, je n'aurais jamais cru cela possible. Nour, pour qui j'avais la plus grande affection, Nour avec qui j'envisageais de me marier plus tard, Nour m'a trahi pour une fille. J'en suis malade. Le matin, elle me fait une bise sur la joue, j'en ressens du dégoût. Pour la rentrée, je te demande de m'inscrire dans un lycée en internat parce que je ne veux plus jamais la voir.

Nous rentrons demain. J'ai hâte que cette souffrance s'arrête enfin.

Au verso, il y avait encore ces quelques lignes.

Tu as vu que j'ai laissé ton carnet rouge que ma mère m'avait offert pour mon anniversaire. Je voulais le garder pour moi seul, mais depuis que je partage mes jours avec toi, j'ai vu que tu es un homme bon, un homme tout simplement, comme on dit chez nous. Je te le rends pour que tu saches que ma mère n'a jamais aimé que toi. Je sais que je te dois la vie, mais mon père sera toujours le caïd El Hachemi. Lorsque je rentrerai, fais comme si de rien n'était. Ne m'embrasse pas comme un fils retrouvé. Ne changeons rien à nos habitudes. Si tu veux me faire plaisir, serre-moi la main. J'aime ma main dans la tienne.

Et il a signé Adam El Hachemi Aït Amar.

J'ai glissé la lettre dans ma poche de pantalon, je suis sorti, j'ai marché sur les quais de Seine. J'étais heureux, triste, léger, contrarié, paumé. Vraiment, un foutu bazar dans ma tête.

30

Amezyane étudie, depuis déjà trois mois, dans un lycée en internat, à Nogent-sur-Marne, en banlieue parisienne. Il rentre deux fois par mois à la maison. L'éloignement l'épanouit. Il a forci, son visage est apaisé, il lui arrive de sourire, de beaux et francs sourires qui me troublent parce qu'ils me rappellent ceux de sa mère. Nous nous parlons peu ou d'affaires sans importance. Je crois que c'est, pour lui comme pour moi, notre manière ne pas évoquer le carnet rouge. Parfois, il me demande, pour abréger nos silences, des nouvelles de la tannerie, sans jamais prononcer le prénom de Nour.

Le dimanche soir, je le raccompagne à la gare d'Austerlitz et l'on se promet que la prochaine fois, nous irons au théâtre ou au cinéma et que je lui laisserai le choix du spectacle. À ce jour, nos projets de sorties en sont restés là. La dernière fois, nous sommes arrivés avec un bon quart d'heure d'avance à la gare. J'ai allumé une cigarette, il en voulait une lui aussi. Au lycée il fume en cachette, comme ses camarades, dans les toilettes. Je lui en ai donné une, il a aspiré deux bouffées et l'a écrasée sur le quai.

— Pourquoi tu fumes des Craven A ? Ce sont des cigarettes de femmes. Autant fumer de la paille, a-t-il dit en forçant sur la grimace.

Avant de monter dans son train, il m'a serré la main, comme toujours. C'était très bien ainsi.

À la tannerie, Mohamed me manque. Il m'a écrit une lettre pour m'annoncer qu'il ne reviendrait plus gratter des peaux de vaches. Il va consacrer son temps à apprendre à lire, à écrire, à compter à sa fille, ses fils, et à tous les enfants de son quartier pour qu'un jour ils ne soient plus des « pas-grand-chose » mais deviennent tous des « quelqu'un ».

Je suis triste d'avoir perdu un ami mais je suis heureux qu'il soit devenu un « quelqu'un ».

Nour et Camille se sont encore rapprochées. Camille surtout. Elle a déménagé de l'autre bout de Paris pour habiter rue Monge, à trois minutes de chez Nour. Quelquefois elle passe la chercher le soir après le travail, élégante, bien chapeautée, toujours en avance d'une mode. Elle me salue du bout des doigts. Je lui renvoie un vague signe de tête. Puis elle embrasse Nour sur les joues. Ça me dérange ses bises appuyées et volontairement sonores. Je ne devrais pas. J'ai déjà lu des romans où des femmes s'aiment comme un homme et une femme peuvent s'aimer, mais cela restait de la fantaisie subversive car je n'avais jamais été témoin de telles passions. Quand je les vois toutes les deux à touche-touche, je ne peux m'empêcher de les imaginer dans les bras l'une de l'autre, se caressant et roucoulant des mots d'amour. Je crois que je ne suis pas assez moderne pour admettre ces choses-là. Je pense aussi à Zahir qui misait tant sur moi pour que je lui demande la main de sa fille et que nous lui donnions une descendance. Nour sait que je n'ignore rien de son aventure avec Camille. Elle l'a compris au retour des vacances, quand Amezyane n'a plus voulu remettre les pieds à la tannerie et qu'il ne lui a plus jamais adressé la parole, comme s'il l'avait bannie à perpétuité de sa mémoire.

Lucien, qui ne se doute de rien, continue d'espérer. Il est passé à la vitesse supérieure. Dès qu'il l'aperçoit dans l'atelier, il abandonne son poste de travail pour la poursuivre de ses assiduités. Je le vois de la fenêtre du bureau faire le coq. Nour est exaspérée, elle lui tourne ostensiblement le dos pour faire la conversation avec Augustin, Alphonse ou Édouard, des gars au seuil de la retraite qui n'espèrent plus rien de leur libido, ou, pire, des gars fidèles en amour. Nour ne sait plus comment s'en défaire. Elle a répété à Lucien – elle ne sait plus combien de fois – qu'il n'avait rien à attendre d'elle, pourtant il s'entête. Elle m'a demandé d'intervenir pour qu'il cesse de la harceler. Je l'ai convoqué le soir même. Il est entré dans le bureau penaud, le regard bas. Il avait conscience qu'il était pesant, rustre peut-être, car il n'avait pas les bonnes manières pour séduire une femme comme Nour. Toutes celles qu'il avait emballées dans les dancings avaient succombé à son jeu de jambes, à ses mouvements du bassin ou à ses *abrazos* lorsqu'il jouait au *tanguero*. Quoi qu'il en soit, il était certain que, comme d'autres avant elle, il finirait par la vaincre, car elle était son unique obsession. Je lui ai dit qu'elle n'était pas faite pour lui. Que si elle venait de nouveau se plaindre de ses mauvaises manières, je serais obligé de me séparer de lui.

— Je vois. Vous êtes sur le coup vous aussi, a-t-il répondu en souriant bêtement.

— Dehors. Je t'ai assez vu.

Depuis que je l'ai sermonné, Nour est plus sereine, plus légère, plus gaie, telle qu'elle l'a toujours été avant son problème avec Lucien. Elle s'est remise à chanter, tantôt en français, tantôt en arabe, et fredonne des chansons de l'Américain Sinatra dont elle est incapable de me traduire le moindre refrain.

Un soir, alors que nous étions tous les deux dans la réserve pour faire l'inventaire des produits corrosifs pour la peau, que de nouvelles normes nous interdisaient d'utiliser, elle m'a demandé pourquoi j'avais arrêté les réunions sans explication. Son père s'en désolait car c'était toujours un plaisir que de retrouver ses amis. Il n'était pas le seul. D'autres m'avaient fait passer le message par l'intermédiaire du téléphone arabe. On disait que j'avais retourné ma veste, que je m'étais amolli, que j'avais cédé au confort bourgeois plutôt que de continuer à croire à la cause. Je lui ai répondu : inspecteur Obadia. Elle a répliqué que je ne pouvais pas rester sur un malentendu et que je devais organiser une ultime réunion pour faire taire les mauvaises rumeurs. Comme les voisins n'avaient pas d'autres occupations le dimanche après-midi que de moucharder à la police, mieux valait nous retrouver un soir de semaine, à l'heure où ces braves gens dorment. Je lui ai demandé de battre le rappel pour le mercredi suivant. J'ai éteint la lumière, fermé la réserve. Dans la pénombre, j'ai aperçu Lucien qui rasait les murs jusqu'au portail de sortie.

J'avais cru que Lucien, qui se tenait à distance de Nour, avait changé d'obsession. Il n'en était rien. J'étais en rendez-vous à Paris afin de finaliser un contrat avec un commanditaire pour une grosse affaire. Le tannage de peaux de crocodiles pour un maroquinier de renommée internationale. Lorsque je suis revenu, heureux d'avoir conclu, j'ai trouvé Nour, dans le bureau, en pleurs. Son corsage déchiré était taché de sang et ses cheveux étaient défaits. Camille, à ses côtés, la consolait. Lucien avait profité de ce qu'il n'y ait plus personne à la tannerie pour la violer. Il avait bloqué ses bras et l'avait embrassée de force sur la bouche. Elle lui avait mordu la langue. Ça avait pissé le sang. Lucien était devenu fou furieux. Il l'avait plaquée contre la bibliothèque, avait soulevé sa jupe, le reste... Il s'était vidé en trois poussées puis il l'avait menacée de la tuer et de balancer son corps dans un bain d'acide si elle parlait. J'ai allumé une cigarette pour me calmer, mais ça ne m'a pas calmé. J'avais des envies de meurtre. Sans perdre une seconde, je suis allé chez lui. Il était en costume-cravate, les cheveux gominés, prêt à aller danser. Je l'ai saisi par le revers de sa veste et soulevé du sol.

— Ce n'est pas ma faute, chef. C'est elle qui me provoque. C'est une allumeuse. Je lui ai donné que ce qu'elle méritait.

— Tu es une ordure, Lucien. Un malade. Ne reviens plus à la tannerie. Je te vire.

— Vous n'avez pas le droit.

— J'ai tous les droits chez moi. Je vais accompagner Nour au commissariat pour qu'elle porte plainte.

— Vous croyez que la police va croire quelqu'un comme moi ou une Arabe ?

Je n'ai pas pu me retenir. D'un coup de tête, je lui ai éclaté le nez. Il a hurlé de douleur et juré que j'allais le payer cher.

31

Les habitués de la première heure, heureux de me revoir, m'ont donné l'accolade fraternelle, quelques-uns m'ont tendu une main raide et sans chaleur – sans doute m'en voulaient-ils de ne pas leur avoir donné de nouvelles depuis des mois –, et il y avait une dizaine de jeunes gens intimidés, que je n'avais jamais vus, qui m'avaient salué d'un discret mouvement de tête avant de se fondre dans le groupe. Nous étions bien trop nombreux pour tenir dans le petit vestiaire. Je nous ai déplacés dans la réserve, plus vaste pour nous accueillir, et nous avons aligné chaises et bancs en demi-cercle. Nour a descendu mon fauteuil de bureau pour installer son père tout devant, puis elle a servi les boissons chaudes et les gâteaux.

Une fois tout le monde à sa place, j'ai demandé aux nouveaux de se présenter. Ils étaient issus pour la plupart de Belleville, Barbès, les quartiers arabes de la capitale, ou des bidonvilles de la banlieue nord. Il y avait aussi trois étudiants en droit qui s'étaient vu interdire l'accès aux cours d'éloquence parce que leurs plaidoiries fustigeaient le colonialisme. Ils croyaient trouver chez moi un exutoire pour déverser leurs libres-pensées. Enfin, il y avait un tout jeune homme malingre, adolescent sûrement, dont le visage était rougi par une invasion de boutons d'acné. Il accompagnait Boualem avec l'espoir que je l'embauche.

À neuf heures, Nour a tapoté au cadran de sa montre ; il était temps de commencer. Je suis monté sur une caisse de bois pour dominer mon auditoire et je me suis lancé :

— En métropole, le feu couve. Nous nous réunissions ici pour nous connaître, échanger nos idées, accepter nos désaccords, nos contradictions, nos différences. C'est cela la démocratie. C'est cela que nous voulons pour notre nouvelle Algérie.

Un étudiant au dernier rang a sorti de son cartable un crayon à papier et un beau cahier bleu pour prendre des notes.

— Les Français ne sont pas nos ennemis. Notre ennemi est l'État français qui nous brime parce que nous exigeons notre dû : la liberté et l'indépendance. Ce soir, je suis au regret d'annoncer qu'il nous faudra un autre endroit pour nous retrouver. La police m'a rendu visite et elle m'a à l'œil. Elle nous oblige à la clandestinité. Que l'on se rassemble dans des caves ou dans des égouts, nous vaincrons parce que nous sommes dans notre droit. Victor Hugo écrivait : « Ce qui est fort n'est pas juste. C'est ce qui est juste qui est fort. » Voilà ce que je tenais à vous dire, mes chers compagnons. Merci pour les joies et les peines que nous avons partagées ensemble.

Après un silence prolongé, tous ont applaudi. Sauf Nour. Elle était rouge de colère. Je suis descendu de mon piédestal, elle a aussitôt pris ma place avant la dispersion générale.

— Je n'ai pas l'habitude de parler en public, mais je ne peux plus garder ça pour moi. Il faut que ça sorte, a-t-elle lancé d'une voix blanche. Où sont vos femmes ? Où sont vos filles ? Où sont mes sœurs ? À la cuisine, pour vous préparer le couscous et garder les enfants ?

Murmures de réprobation. Zahir lui a fait signe de se taire mais Nour l'a ignoré. Elle s'est tournée vers moi, livide.

— Dans vos réunions, cher Adam, combien de fois ai-je entendu parler d'audace et de liberté ? Où est l'audace, où est la liberté quand aucune autre femme que moi n'est autorisée à participer au dialogue ? Avez-vous peur de nous ? Que savez-vous de l'Algérie dont rêvent vos femmes, vos filles, mes sœurs ? Évidemment rien. L'Algérie de demain se fera avec nous ou elle ne se fera pas.

— Retourne à ta cuisine et ferme-la, saloperie ! a lancé une voix anonyme.

Elle n'a jamais su qui l'avait insultée parce qu'au même moment on a cogné au portail. Nous avons retenu notre souffle. J'ai éteint la lumière et suis allé ouvrir. Des fourgons de police étaient garés dans la cour. Dans le noir de la nuit, j'ai reconnu l'inspecteur Obadia. Il était entouré de cinq collègues en uniforme. Il leur a ordonné de fouiller la tannerie puis a pris un air faussement navré :

— M'obliger à travailler à une heure pareille, vous n'êtes pas charitable, monsieur Aït Amar.

Un policier a allumé la lumière de la réserve et sifflé d'étonnement.

— Il y a du bicot à ne plus savoir qu'en faire, là-dedans. Allez, sortez et fissa. Il y a des taxis qui vous attendent dehors.

Mes compagnons sont passés devant nous apeurés, mains sur la nuque. Je voulais suivre le mouvement mais Obadia m'a retenu pour me dire qu'il était bien dommage que je n'aie pas tenu compte de son avertissement. Il allait m'en coûter.

Dans la cour, un policier a contrôlé l'identité de Nour puis l'a relâchée, parce que c'était une femme et qu'il faisait nuit.

Nous avons été parqués dans une cellule de dégrisement puant l'urine, avec des clochards bavards et incontinents. Au matin, mes compagnons ont été libérés après qu'un brigadier les a sermonnés comme des enfants, puis menacés de prison si on les croisait de nouveau dans des meetings politiques. Me concernant, il avait ordre de me garder au frais en attendant que l'inspecteur Obadia m'interroge.

On m'a introduit dans son bureau au cœur de l'après-midi. J'étais si fatigué de ne pas avoir fermé l'œil de la nuit que je me suis assis sur la chaise, face à lui, sans qu'il l'ait autorisé.

— Vous n'êtes pas le seul à avoir mal dormi, a-t-il dit en bâillant. À cause de vous, j'ai fini mon rapport à trois heures du matin.

Puis il s'est tourné devant sa machine à écrire :

— Nom, prénom, lieu de naissance, âge et qualité.

J'ai décliné mon identité.

Il m'a offert une cigarette. C'était une Gauloise bleue. J'en ai fumé la moitié seulement parce qu'elle m'arrachait la gorge. L'inspecteur m'a posé un tas de questions dont il connaissait les réponses puisque c'était à peu près les mêmes que lors de sa première visite à la tannerie. Enfin, il m'a demandé si j'avais quelque chose à ajouter avant de signer le procès-verbal. J'ai répondu « Non », puis je me suis repris.

— Qu'est-ce que ça va coûter ?

Il allait envoyer son rapport et le procès-verbal d'audition à la préfecture de police qui, sans aucun doute, ordonnerait la fermeture de ma tannerie. Il a sorti du tiroir de son bureau *La Peste* pour me le rendre. Il pouvait le garder. Il m'a raccompagné jusqu'à la sortie du commissariat. J'ai mis ma main en visière parce que le soleil blanc me blessait les yeux.

— Voyez-vous, monsieur Aït Amar, la seule chose que je regrette de l'Algérie, c'est mon enfance.

La mer, la cuisine. Rachida, notre bonne à tout faire, et ses bons petits plats. Les matchs de football avec les copains maltais, corses, italiens, il y avait même des petits musulmans.

— Moi, je ne suis pas nostalgique de mon enfance, elle était pleine de violence.

Nous nous sommes serré la main et, avant de nous séparer, je lui ai demandé si c'étaient encore mes satanés voisins qui nous avaient mouchardés.

— Les braves gens dorment la nuit, avait-il répondu le sourire en coin. Par contre, il faut que ça reste entre nous, je crois qu'un certain Lucien est très remonté contre vous.

32

Après qu'on m'a condamné à trois mois de prison avec sursis, infligé une lourde amende pour récidive d'organisations, sans armes, d'attroupement à caractère politique et que la préfecture de police m'a donné l'ordre de fermer ma tannerie pour six mois, j'ai perdu mes nouveaux marchés et mes anciens commanditaires m'ont lâché. Comme je culpabilisais d'avoir envoyé au chômage mes ouvriers pour avoir défendu, dans mon usine, une cause qui n'était pas la leur, j'ai doublé les indemnités de licenciement, puis nos destins se sont séparés.

Nour n'est pas fille à se laisser abattre, elle veut racheter la tannerie et créer un atelier de confection de vêtements de cuir avec Camille. Je lui ai demandé si elle avait de quoi me payer. Elle m'a répondu en riant qu'elle aimerait que je sois son banquier pour lui avancer l'argent. Je crois qu'elle ira loin, très loin, cette petite.

Ma seule satisfaction, c'est Amezyane. Il s'est ouvert l'esprit et ne règle plus son pas sur celui du caïd El Hachemi. Je crois que toutes les petites vexations qu'il subit depuis qu'il est à Paris lui ont dessillé les yeux, même si par orgueil il garde ça pour lui afin de ne pas me donner raison. Samedi dernier, il est revenu de l'internat avec un recueil d'articles de Guy de Maupassant sur la conquête de l'Algérie. C'est lui qui, maintenant, m'apprend mon histoire et celle de la France, si intimement et cruellement liées depuis un siècle. Maupassant avait dressé un réquisitoire implacable contre la colonisation. « La colonisation de l'Algérie ne ressemble à aucune autre abomination. Elle fut d'une violence inouïe. À ce jour, nous ne savons même pas pourquoi Charles X et ses généraux bouchers ont conquis ce pays en pratiquant entre autres les enfumades qui consistaient à enfermer femmes, enfants, vieillards dans des grottes et d'y allumer des feux de paille afin que tous meurent d'asphyxie... »

Voulais-je en savoir davantage ?

J'ai levé le doigt au ciel. Il faisait bleu, le soleil nous chauffait la peau, la terrasse du Lion de Denfert nous invitait à prendre notre café du matin. Sur le coup de midi, Amezyane a voulu déjeuner à Barbès.

Pourquoi Barbès ? À l'internat, il mangeait, travaillait, dormait avec des Français venus de bien des provinces et, le soir, ils racontaient la beauté de leurs régions et avaient hâte qu'arrivent les vacances pour y retourner. Lui aussi, l'Algérie lui manquait, les Algériens lui manquaient, entendre parler le kabyle et l'arabe lui manquait, manger comme au pays lui manquait, voilà pourquoi il voulait aller à Barbès.

Nous nous sommes installés dans une gargote de la rue Myrha et avons commandé une chakchouka aux œufs. Amezyane dégustait sans parler, il écoutait le juke-box diffusant une chanson qui disait la mer, la montagne, la vie, l'amour et rien d'autre. À la fin du repas, il a eu envie de partir en Algérie.

— Tout de suite ? ai-je plaisanté.

Il y retournerait une fois ses études terminées car c'était là-bas qu'il se sentirait utile.

— Tu n'as pas envie de repartir, Adam ?

— Je n'ai plus de famille, plus de maison, personne ne m'attend.

— Tu m'as, moi. C'est écrit dans le carnet rouge, je sais qu'il ne ment pas.

Je suis resté sans voix et j'ai souri, je crois.

Amezyane m'a prévenu qu'il arriverait samedi en fin d'après-midi parce qu'il avait du travail en retard à rattraper. Ça fait trois cigarettes que je l'attends sous la chaleur de la verrière de la gare d'Austerlitz. J'achète *Combat* à un vendeur à la criée. Je ne suis pas concentré, je ne lis pas, je jette un œil sur les photos. Le portrait du président René Coty envahit la première page. À la rubrique sportive, le cycliste Louison Bobet suinte en escaladant le Tourmalet. À la page des arts et spectacles, Brigitte Bardot s'expose en bikini sur la plage de la Promenade des Anglais à Nice, et en bas à droite, je me frotte les yeux, non ce n'est pas une hallucination, il y a une petite photo d'Elvire et de sa troupe de Jérusalem, de passage à Paris pour une unique représentation des *Femmes savantes* au théâtre du Châtelet, ce soir, à vingt heures trente. Son visage émacié est trop maquillé, elle porte les cheveux longs aux épaules et sourit comme une vieille comédienne qui cabotine.

Amezyane arrive. Je replie mon journal et lui serre la main. Il me toise en fronçant les sourcils.

— Tu es tout pâle. Ça ne va pas ?

Je ne réponds pas. J'ai toujours le visage d'Elvire en tête. Je la préférais avec les cheveux coupés à la garçonne. Et ces joues creusées, et ce regard fatigué, et ce teint de cendre, son nouveau pays ne lui convient pas du tout.

— On dirait que tu as pris un coup de massue derrière les oreilles. Tu veux qu'on rentre à la maison pour te reposer ?

— Ne t'inquiète pas pour moi. Ça va aller.

Amezyane a une bonne nouvelle à m'apprendre. Il est premier en philosophie et deuxième ex æquo en français. Je lui serre de nouveau la main, une franche poignée cette fois-ci.

— Pour te féliciter, je t'invite au théâtre. On va voir *Les Femmes savantes.*

— Tu me charries. Je l'ai apprise au collège, c'est à pisser d'ennui.

L'horloge de la gare d'Austerlitz indique huit heures. Je hèle un taxi, direction le Châtelet.

Dans le hall d'entrée, il y a une grande affiche où l'on peut lire les noms des comédiens et leurs rôles : Elvire Bergman est Henriette.

La pièce a débuté depuis quinze minutes. L'ouvreuse nous place devant, au premier rang, car la salle est à moitié pleine. Elvire est au centre de la scène, elle porte une robe de satin mauve à collerette blanche qui lui donne un port de tête de reine. Dans ses cheveux montés en chignon, c'est un florilège de nœuds de toutes les couleurs. Elle réplique, en élevant la voix, à un jeune homme en culotte noire, bas de soie, chemise à jabot et perruque poudrée.

« ... *Vous devez vous forcer à quelque complaisance.*
Un amant fait sa cour où s'attache son cœur ;
Il veut de tout le monde y gagner la faveur ;
Et pour n'avoir personne à sa flamme contraire,
Jusqu'au chien du logis il s'efforce de plaire. »

Elle jouait mieux lorsqu'elle me lisait des extraits de ses pièces dans notre bureau. Là, elle minaude, fait sa capricieuse. Je ne l'écoute plus. Je la regarde, cela suffit à mon plaisir.

Les actes se succèdent et l'on court toujours après l'amour. Amezyane n'y est plus, il s'est endormi sur mon épaule.

« L'amour, dans son transport, parle toujours ainsi.
Des retours importuns, évitons le souci.
Rien n'use tant l'ardeur de ce nœud qui nous lie... »

D'un brusque mouvement, elle tourne le dos à son partenaire et accroche mon regard. Elle est statufiée. Dans la salle on murmure, est-ce un trou de mémoire ?

Je lui fais un petit signe de tête, elle est toujours pétrifiée. On murmure un peu plus fort, puis tout s'anime de nouveau.

« Et l'on en vient souvent à s'accuser tous deux
De tous les noirs chagrins qui suivent de tels feux. »

Je réveille Amezyane, relève mon strapontin et je tire ma révérence.

— On est arrivés quinze minutes après le début et on s'en va quinze minutes avant la fin. Tu ne veux pas connaître la fin ?

— Non.

— C'est comme dans la vie.

Un clochard boiteux s'approche de nous avec son barda sur le dos et mendie une cigarette. Je sors mon paquet de Craven A et le lui offre.

— Il t'a demandé une cigarette, tu lui donnes tout ton paquet.

— J'arrête de fumer, fils.

Dernières parutions

Domaine français

Catherine Bardon
Un invincible été

Caroline Laurent
Rivage de la colère

Osvalde Lewat
Les Aquatiques

Marie-Diane Meissirel
Les Accords silencieux

Ivan Nabokov et Philippe Aronson
La Vie, les gens et autres effets secondaires

Grégory Nicolas
Les Fils du pêcheur

Roland Perez
Ma mère, Dieu et Sylvie Vartan

Emmanuel Pierrat et Joseph Vebret
Ernestine ou la Justice

Julie Printzac
Guetter l'aurore

Domaine étranger

Rabih Alameddine
La Réfugiée

Alexandra Andrews
L'Énigmatique madame Dixon

M.J. Arlidge
60 minutes

Anja Baumheier
La Liberté des oiseaux

Lesley Kara
Le Défi

Lydia Millet
Nous vivions dans un pays d'été

Ariana Neumann
Ombres portées

Ingrid Persaud
Love after love

Olivia Potts
Une année douce-amère

Esther Safran Foer
Sachez que nous sommes toujours là

Alexis Schaitkin
Un si joli nulle part

J. Courtney Sullivan
Les Affinités sélectives

Nancy Tucker
Le Premier Jour du printemps

Rosa Ventrella
Béni soit le père

Pour en savoir plus sur l'actualité des Escales,
vous pouvez consulter notre site Internet
www.lesescales.fr
et nous suivre sur les réseaux sociaux

Editions Les Escales

@LesEscales

@LesEscales

MIXTE
Papier issu de sources responsables
FSC® C003309
FSC
www.fsc.org

L'éditeur de cet ouvrage s'engage dans une démarche de certification FSC® qui contribue à la préservation des forêts pour les générations futures.

Pour en savoir plus :
www.editis.com/engagement-rse/

Achevé d'imprimer par
Normandie Roto Impression s.a.s.
N° d'impression : 2202055
Imprimé en France